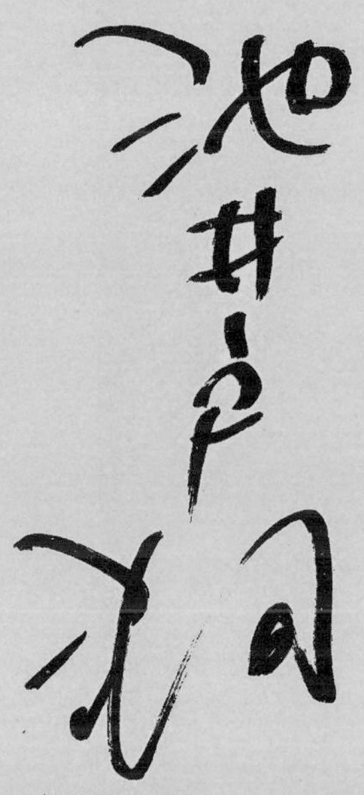

文治
© wénzhì books

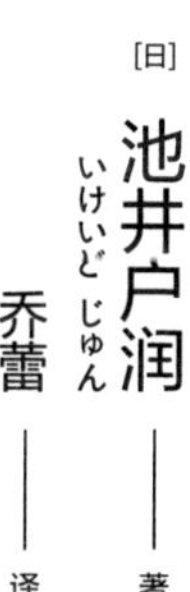

浙江人民出版社

目录

主要登场人物

民政党……………………

武藤泰山	民政党党首
贝原茂平	公派第一秘书
狩屋孝司	官房长官
城山和彦	民政党城山派领袖
真田武彦	防卫大臣
江见芳信	国土交通大臣
鹤田洋辅	经济产业大臣

武藤家……………………

武藤翔	武藤泰山之子
武藤绫	武藤泰山之妻

宪民党…………………………

藏本志郎	宪民党党首
真锅义人	藏本志郎的私人秘书
浜畑健三郎	宪民党议员

京成大学…………………………

牧原宽	武藤翔的挚友
南真衣	武藤翔的同学
村野艾丽卡	武藤翔的同学

小中寿太郎	政治评论家
新田	警视厅公安第一课警视

前言

选举到了决定胜负的关键时刻。

首相[1]田边靖在内阁支持率持续低迷的情况下突然表明辞意，那一天大概是三周前，9月1日。

“我有话跟你说，有时间吗？”

武藤泰山被叫到首相官邸，“我准备辞职。”听到田边这突如其来的一句话，泰山一时震惊得说不出话来。

“等一下，总理，连续两届总理在任期内放弃政权实在说不过去吧……”

去年9月，前任首相安西滋也是突然宣布辞职，引得举国哗然。安西是在秋天的临时国会中发表施政演说之后辞职的，所有人被这无厘头的举动震惊得目瞪口呆，那场演说也完全成了一场笑话。

理所当然，社会上对民政党的责难愈演愈烈，支持率暴

---

1 首相：日本宪法规定，日本最高行政长官为“内阁总理大臣”。“内阁总理大臣”有首相、总理、总理大臣等代称或简称。在书面记述中则常采用代称“首相”；在口语中，由于日语发音问题，为避免听者混淆，常采用简称“总理”。另外，在面向大众时，或强调位居内阁之首的身份时，常用代称“首相”；在政坛内部则常用简称“总理”。

跌。在之前的参议院选举中，民政党历史性地惨败于在野党第一大党宪民党，被夺去了超过半数的议席，导致现在众议院与参议院由不同党派领导，形成了目前国会的异常格局。

现在，继安西之后，连田边也要在任期刚满一年的时候辞去内阁总理大臣的职务，这绝非寻常之举。“临阵脱逃是要枪毙的！”泰山脑中甚至浮现出这样的话，不过还是忍了下来，心里盘算着到底如何劝说才好。

“我实在太累了，拜托你了，让我辞职吧！”

田边眉头紧锁，哭丧着脸快要哭出来了。

泰山见此情景，后槽牙传来一阵钻心的痛。牙齿蛀了，可是还没有时间去看医生。

“拜托我有什么用，你先想想民众会怎么想吧。”泰山忍着牙痛，言辞间带着身为干事长的威严。

原本表情漠然的田边听闻此话，无力的眼神中起了一丝波澜。

“那就变成继安西之后连续两位首相不足一年就放弃了政权，作为民政党总裁，作为内阁总理大臣，你觉得这样好吗？”

“这些我都明白！我也知道这样不太好，可是……我真的顶不住了。”田边心虚地说，语气中带了一丝抱怨，“我没有信心改变现在的政局，等到临时国会召开，宪民党肯定还会猛烈地攻击我们，到时候如果还是我当首相，我们绝对赢不了啊！”

“这不是靠一己之力就可以解决的问题，现在的局势本来就不是常态。”泰山训诫道，“不管是谁在这个位置上，想要扭转局面都不容易，你这样垂头丧气的让人怎么办呢？”

泰山不是不理解他的心情，现在被内阁联盟[1]的民连党掣肘，连临时国会的召开日都做不了主。

空有首相的头衔，得不到民连党的同意就什么都做不了，田边一定是烦透了这束手束脚的状态。

“现在的政权问题是你辞职也解决不了的。”

“可是……藏本宪民党对田边民政党的局面不就破解了？”

田边的话听起来不过是逃兵的借口。藏本志郎是宪民党的党首，之前宪民党在参议院选举时增加了不少席位，所以他现在处处跟田边针锋相对。

“喂，要是因此失去了执政权怎么办？”泰山耐着性子劝说，“辞职就输了。不是你输，而是整个民政党输。”

“我就是为了不输才要辞职的啊！”

诡辩！口不择言的田边完全像个耍赖的孩子，撇着嘴角，黑框眼镜后面投来控诉的眼神。

田边身上有种不管正确与否，一旦决定了就不再听从劝告的孩子气。

---

1 内阁联盟：资本主义国家中，因需要更多支持，两个或多个政党会组成联合内阁，共同执政。

泰山原本打算说服他改变主意，此时也觉得不得不放弃了。

“上任才不过一年哦。”泰山提醒他说，“这可能是你政治生涯中唯一一次登上首相的位子，就这样在任期内弃权，不会后悔吗？这些都认真考虑过了吗？”

“当然。干事长。”田边回答得斩钉截铁，“这些事情我已经考虑清楚了，这是深思熟虑之后的决定，我田边靖绝不食言。”

骗人！泰山紧紧盯着田边，心想：就职演说的时候，明明说要全心全意恪尽职守，现在这算什么？

“明白了！”

泰山说着，双手“啪”地拍在膝盖上站起身来。这个男人一旦确定了心意，决断非常迅速。

“如果你辞意已决，我就不勉强了。我把这件事转达给政调会会长们，没问题吧？”

“拜托！”

面前的这个男人已经全无堂堂一国首相该有的威严，泰山低头看着他，感到一阵强烈的危机感袭来。

两位首相接连放弃政权，各界对于民政党不负责任的谴责已无可避免，长期以来领导日本政局的民政党的国民信赖感很有可能遭到史无前例地重创。

田边的辞任无疑会使民政党陷入前所未有的窘境。

不过，与此同时，意想不到的机会也摆在了泰山面前。

纵观整个民政党，现在最适合接替田边的政治家，除了我武藤泰山之外，再无其他人选了。

这是上天赐给我的良机。

泰山一边朝与首相官邸同一层楼的官房长官办公室走去，一边心里想着。

田边时代结束了。

接下来登上首相这把交椅的，不会是别人，将是我武藤泰山。

接受田边辞去首相的请求之后，民政党总部召开了临时干事会议，当举行民政党总裁选举的决议定下来的时候，已经是深夜了。

之后，由原法务大臣担任委员长的政党选举管理委员会决定了选举日程，9 月 10 日进行告示，22 日进行投票。

在告示当天，表明参加竞选的除了泰山，还有两人——领导茂木派的茂木正一和领导竹田派的松田宪政。民政党议员票 225 票，地方票 300 票，对这合计 525 张选票的争夺战，在后天投票日来临之前，进入了白热化的程度。

“现在什么情况？”

坐在个人事务所里，泰山又看了一眼时钟，向走进屋来的公派第一秘书贝原茂平问道。贝原茂平的名字听起来有些老派，不过他才刚刚三十二岁，志愿是成为政治家，大概是从选举区一步步奋斗到国政来的。

“地方票过半数基本不成问题，问题是议员票，不过目前竹田派的动向还不明朗。”

在选举战中，对民政党议员及党员们的选票的预估将会左右能否当选，到最后关头都不能有一丝放松。

不知是谁说过的，永田町流传着这样一句格言：“火灾在最初五分钟决定生死，选举在最后五分钟决定成败。”再加上谁支持哪一位候选人对组阁时的人事安排影响巨大，所以更加不能马虎。贝原在这一点上绝对称得上优秀，他能洞察其中的微妙之处，切实精准地预估和考察。虽然年纪不大，但作为选举参谋很有天赋，读票能力比泰山见过的所有政客都要优秀。

“松田先生不足为虑，先生。”贝原继续说，“据我查访，投给松田先生的议员票大概有 20 票，加上地方票 10 票，完全不是我们的对手。对于松田先生来说，这次的总裁选举不过是为了露露脸，估计他本人也没想过要当选。问题在于茂木阵营。”

“议员票有可能拿到 60 票吗？”

如果是那样，将会是一场恶战。

“应该能拿到。”贝原斩钉截铁地说，“地方票的票数大致持平，所以胜负就在议员票了。关于议员票，目前先生的预估票数是 85 票。如果 20 票投给松田先生，那么剩下的不到 65 票将会决定胜负。也就是说，关键是竹田派的票，我想这一部分只能借助城山先生的威望了。”

城山和彦是民政党中举足轻重的议员，是泰山所属的城山派的老大。

“竹田先生不是那么容易搞定的。”

听了泰山的话，贝原重重地点了点头。“其实他更想从自己的派系里选出人来参加总裁竞选吧。”

这竹田康造，说好听点，是民政党的谏诤之臣，实则是个倚老卖老、喜欢说三道四的老油条。和泰山一样，他出身于议员世家，政界名门，当过一阵子首相。众所周知，他爱唱反调，电视采访倒也罢了，一旦涉及实际事务就十分烦人。大概是因为这个，原本竹田麾下的有望之辈都另寻出路了，现在竹田身边一个能担任首相职务的议员都挑不出来。话说，泰山也投奔过竹田，后来才转投城山麾下的。

如果不是投奔到城山派，估计 85 票的议员票都很难拿到。不过事到如今，跟竹田已经分道扬镳了却还要去看他的脸色，实在是太难堪了。

果不其然，当泰山拜托他把票投给自己时，竹田翻出过去的事情来推三阻四，所以才有了城山出马从中调和的一幕。

泰山之所以刚才频频关注时间，是因为晚上七点在赤坂一家店里开始的会谈快到结束的时候了，而会谈的结果将在很大程度上左右总裁选举的走向。

如果竹田此时头脑发热闹脾气，那么很有可能会把票投给茂木。真是那样的话，泰山想要当上民政党总裁——也就是内阁总理大臣，至少要等到几年之后了。

“实际上，有些传言……”贝原脸色一沉，“听说茂木先生已经跟竹田先生密谈过几次了。”

“真的吗？！”

泰山不由得从沙发上直起身来。“这种事情怎么不早说！”

“正因为都不知道，所以才说是密谈。”

“哦，也对。”听贝原这样说，泰山嘟囔了一句接着问，“那，会谈的内容呢？”

“不知道。不过，如果谈妥了应该会有消息传出来，正因为什么都没谈妥，所以才听不到任何风声。”

“有道理……”

泰山长长地叹了口气，闭上眼睛双手交叉搭在肚子上。

对于一遇到选举就会到日本各处拉选票的猛将泰山而言，没有比等待更难熬的事情了。

老头子，拜托你了……

虽然内心期待着城山能够成功，不过对方毕竟是竹田，他能想象得到谈判绝非易事。

泰山一直焦心等待着，他手机铃声响起的时候，早已过了晚上九点钟。

看到屏幕上显示出城山的名字，泰山不禁喉咙“咕嘟”了一声。

“我谈完回来了。”

可能是在车上打的电话，城山威严的声音听起来有些含混不清。

“辛苦您了。”

克制住想要直奔主题的冲动，泰山乖顺地表达了慰劳。

“我有话跟你说，现在到我办公室来一趟吧。”

泰山立刻紧张起来，“我马上就来”，说完便结束了通话。

“我们走，贝原！”

贝原早已站起身来，他从泰山的神情就已经判断出是城山打来的。

“是好事吗？”

“不知道。”泰山面色有些为难，“现在出发就是去看看结果如何。”

现在泰山能做的事情很少，信城山，听天命，仅此而已。

来到位于三番町的办公室，走进会客室的时候，城山已经在那里等候了。

城山身穿白色衬衫，因为喝了酒而满脸通红，正用力地扇着扇子。一看到泰山，他立刻站起身来，将二人让到沙发上坐下。

“我刚跟竹田见面回来。”

泰山屏住了呼吸，等他继续。正题之前先做铺垫是城山的坏毛病。从他透露出深深疲惫的脸色中，可以看出刚刚交涉的艰难。

“听说茂木先生找过竹田先生三次了。不过，以我跟竹田先生的交情，不需要三次，一次足够了。”

这话透露的是什么信息？贝原在旁边紧张得咽了口口水。

“听好了，泰山，明后天的总裁选举，竹田派的票会投给你。”

一直紧张地盯着城山的泰山，脸上瞬间堆满了笑容。

“谢谢您。”

面对深深低下头表示感谢的泰山，城山拿出道路族议员[1]首领的派头，伸出大大的手掌。

“恭喜你，泰山。你明后天将成为民政党的总裁，下一任首相就是你了。”

房间里一片雪白的灯光，对于密谈而言，亮得有些过于刺眼。窗外的国会议事堂点了灯，在黑夜里勾勒出它美丽的轮廓。夜空被下午的强风横扫过后，闪烁着东京市中心难得一见的繁星。

虽然已经过了晚上九点，但办公室还和白天一样人来人往，电话和手机铃声此起彼伏，人们的说话声不绝于耳。从

1 道路族议员：又称“建设族议员”，指在国家公共设施建设政策领域有较强影响力的议员，尤其是大力推进道路建设的议员。

传来的那些只言片语中可以判断出，是和民政党总裁选举走向有关的信息。武藤、松田、城山……民政党总裁选举已接近尾声，看来武藤泰山当选为下一届总裁已是板上钉钉了。

男人坐在扶手椅上，一直握着手机跟谁说着话，等到通话结束，像被施了魔法一样盯着手机看了好一会儿才抬起头来。

“和预想的差不多，下一届总裁会是武藤泰山。”男人低沉的嗓音停顿片刻，“接下来该你出场了，请把武藤他们的行动汇报给我。我们将会改写日本的未来。”

“如果我能帮上忙的话。”沙发上的人思考片刻后问道，“不过，真的可行吗？我是说你们的计划……”

“当然。”男人回答，“既不是幻觉也不是妄想，而是切切实实的计划。不会给你添麻烦的，你只要把情报给我就好。”

“除了我，难道不能选别人吗？”

犹豫和踌躇化作疑问脱口而出。

“不会被怀疑是我们的人，又能得到武藤他们的消息，非你莫属了。我们会改变日本的。”

男人的话似乎有着不容置疑的说服力。

“明白了。”再次思考片刻，“我会在可能的范围内配合的。”

第一章　奉天承运

1

“我武藤泰山，此次万分惶恐，由国会指名，奉天承运，就任内阁总理大臣一职。蒙诸位我国民主政治伟大先驱恩惠，不肖之辈武藤忝陪末座，今后将全心全意为国为民，鞠躬尽瘁，死而后已。

“我国自‘二战’结束后，以前所未有的速度复兴，发展成了经济强国。毋庸置疑，我国国民生活水平显著提高，已经步入和平富裕的社会。

“然而，繁荣之下，隐忧渐生。我们的社会细微之处已现劣痕，原有体制无法应对的问题开始频发。少子高龄化社会的到来，非正式职工及派遣劳动者增加所体现出的经济差别化、国际社会纷争以及环境问题，都是迫在眉睫的重大课题。

“在此困局之下担当重任，我武藤将尊重并继承我国传统，为把我国建设成为国泰民安的光明社会而勇往直前。

“作为一名忠心爱国的政客，也作为一名普普通通的国民，我将全心全意承担起内阁总理大臣的职责，和全体民众同心协力，开拓新日本繁荣美丽的未来！请各位相信武藤，请对民政党与民连党通力合作的我们的政府充满信心！

“我将坚持到底，我将迎难而上，我将勇往直前！

“我绝不会背弃各位国民，誓与各位国民荣辱与共！

“武藤泰山誓将全心全力献身国家！”

就职宣誓结束之后，以民政党议员为首，响起了热烈的掌声。

武藤回应着大家的掌声，满足的表情突然抽搐了一下。

啊疼疼疼……

是蛀牙。

忍着牙痛的武藤朝议员席上鞠了一躬，全身心感受着内阁总理大臣带来的成就感，慢慢走下了讲坛。

2

“我还以为你开场就会宣布解散议会呢，泰山。”

国会的就职宣誓结束之后，来到首相官邸拜访泰山的城山，开口便是这句，“等着你宣布诏书，连午觉都耽误了。”

城山的语气中之所以带着遗憾，是因为内心对解散议会充满了期待吧。

“您觉得现在有胜算吗？”

泰山说完，城山认真地点点头：“有啊，有胜算哪，泰山，你看看这个。”

城山说着拿出了当天的晚报，上面刊登着报社发起的紧急民意调查结果。

民政党武藤泰山和宪民党藏本志郎，两个人谁更适合做内阁总理大臣，这个问题的结果是泰山支持率为45%，藏本为 28%。

“看来亲自宣读阁僚名单的反响很不错啊。”城山继续吹捧，“表现真是不错，还有‘我们的泰山’，不愧是秋叶原系哪。”

“您快饶了我吧！”

泰山不置可否地摆了摆手，脸上却露出了笑意。

一周前公布阁僚名单时，泰山是亲自宣读的。通常来说，应该由官房长官宣读，泰山这个异常的举动被舆论称为“直爽的武藤作风”，风评甚好。而城山刚刚所说的“我们的泰山”，是因为泰山公开宣称动漫是称傲世界的日本文化，秋叶原的年轻人们为表示支持拉起的横幅，此事也刊登上报，助长了泰山的人气。

“支持率是那个讨厌的藏本的一倍啊！泰山，干得不错！”

面对沾沾自喜的城山，“可是这份调查里还有 35% 是保留意见，既没有投给泰山先生，也没有投给藏本党首。”贝原在一旁泼冷水，“如果那部分投给藏本的话，局势就瞬间逆转了。”

“不要插嘴，贝原！”城山生气了。“你什么意见？”把头转向泰山问道，“什么时候解散？”

面对城山的步步紧逼，“噢，现在正在寻找合适的时机。”泰山说。

其实解散议会的时机，就算城山这种人物也不该置喙的，这毕竟是首相泰山的权力。当然，泰山的本意也不想拖延。

但是必须赢得国民的信任。

不仅仅是民政党党员，解散已经成为整个国会议员的共识了吧。

在参议院的选举中惨败，民政党从参议院第一大党的宝座上跌落下来，对此，势头正盛的宪民党大肆宣称众议院没有反映民意，应该即刻解散。当然，报社之所以举行这样的民意调查，也是因为预测议会解散就在眼前了。其实那场豪情万丈的宣誓演讲的背后，连泰山本人也不认为武藤政权能够长久。

“如果过早解散，很有可能重蹈之前参议院选举的覆辙。”泰山语气慎重地说，“如果太迟，又怕错过了时机。”

“看来你不是不明白啊，泰山。”城山说着从胸前的口袋里掏出了那把带有城山家徽的扇子，摆出一副黑社会老大的架势，“那次参议院选举纯粹是自残行为。宪民党确实增加了议席，不过那不是宪民党赢的，而是我们让出去的。你也是这样认为的吧？”

泰山点点头。

如果当时的首相安西滋痛痛快快地解散了议会，国会的局面就不会像现在这么纠结了。哪怕在众议院选举中落选被夺走了政权，对手也不过是登不上台面的宪民党而已，可以预见不出半年一定会自露马脚，被国民踢下台的。

“选举是需要魄力的。”城山说，“安西没有那个魄力，田边也没有。所谓时机就是机会，机会不是随时都有的，国民现在对你期望很大，觉得武藤泰山也许能为我们做些什么吧。现在解散我们就赢了，只要我们胜出，宪民党那帮人就只能乖乖闭嘴了。”

“我认为事情不会这么简单。”

听到贝原又在一旁泼冷水，城山的脸色立马变得难看起来。贝原头脑灵活倒是不假，只是这总爱半路截杀的毛病有些美中不足。“首相现在确实人气正盛，不过还没到能取得压倒性胜利的地步，再积累一些政绩不是更好吗，先生，而且现在经济也不景气。”

“好，这些事情就交给你吧。”城山“啪”的一声把扇子合上站起身来，“不过，要瞄准时机，不要辜负了大家的期望哪，泰山。我再说一遍，你一定能赢。拜托你了。”

果然是城山特色的激励方式。把想说的话说完，城山头也不回地离开了。

“唉……”留下泰山暗自发呆，“刚刚才做完就职宣誓，这就说到解散的事情了，贝原。真是受不了……报社不好，是报社不好，竟然煽动解散。”

下届选举管理员。这是在全国发行的《每朝新闻报》[1]对武藤内阁的冠名。

---

1 此为虚构的报纸。

“解散之后再次当选的话，先生您还是首相。”贝原宽慰道。

“要是输了怎么办，不就真成了报纸上写的选举完就结束的短命政权了。”

“您一向乐观，现在怎么悲观起来了。”

“怎么能不悲观……”泰山说着伸了个懒腰，深深叹了口气。可能是扯到了神经，牙疼得更厉害了。

“确实，选举是政治家的生命。”年纪轻轻的贝原说话倒是老成，“我们再等等吧，只要能让大家看到武藤内阁跟以往不同，是一个有格局的内阁，我们一定能一举赢取民意的。”

可是——

这时，门外有人说话的声音传来，一个男人门都没有敲就气喘吁吁地闯了进来。

是官房长官狩屋孝司。

狩屋一张长长的马脸涨得通红，正用身上西装的袖子抹去额头上豆大的汗珠，惊慌失措地大呼小叫着。

“泰桑，不得了了！江见出事了！”

盟友狩屋喊泰山为泰桑，狩屋则被叫作小狩。

“江见怎么了？”

泰山一脸茫然地问。江见芳信是负责联盟的民连党的资深议员，前些天刚刚被任命为国土交通大臣。

“是失言。江见在横滨的演讲会上发表了不当言论……”

“不当言论？”泰山焦躁地提高了声音，“什么不当言论？小狩！”

“他说日教联强势的县，学生学习能力都低……”

日教联，顾名思义是日本的教职工联盟，是教师们的工会。

“嘿，这个家伙！”泰山不禁皱眉咋舌，“在想什么呢，这个江见真是……媒体什么反应？”

“一片哗然哪。好不容易赢得了高支持率，现在却……必须把事态控制住。”

“这个惹麻烦的家伙……让他去解释清楚。”有过数次失言经验的泰山说，“谁都有说漏嘴的时候，除了让江见去修正自己的发言也没有别的办法了。”

“这……”狩屋皱起了眉头，“我也是这样跟江见说的，可他不愿意……”

“不愿意？！”真是莫名其妙，“这到底是怎么回事？”

“江见，那个发言到底是什么意思？应该不是民连党的意见吧？”

那天深夜，为了收拾残局，泰山把江见叫来了官邸。

江见并没有正面回答，只是低下了头，“这次给您添麻烦了，实在抱歉。”

“我不需要道歉。”泰山有些焦躁，把手里的扇子“啪”地打在了膝盖上，“我在问你是什么意思，大臣。”

“就是字面上的意思。”江见没有丝毫胆怯，反而倔强地挺了挺胸膛，“我认为日教联是教育的绊脚石，这是我一贯的主张，我只不过在那个演讲台上说出来了而已，绝不是失言。”

“你听我说，江见，你这样让人很难办哪。”狩屋从一旁插嘴，语气像是忍辱负重、委曲求全的上班族，“新政权才刚刚开始起步，就不要添乱了吧。你大概也知道说了这样的话会出问题的吧，这会撼动联合内阁的支柱呀！”

“这不是会不会出问题的事情。”江见顽固不化，继续说道，“我认为提出自己的理念是作为一名政治家的诚意。”

这个浑蛋!

泰山斜眼瞪着江见，暗自生气。看来，不管是不是联合内阁的要求，自己都不该让这个人入阁。

“小江哪，”狩屋又开始套近乎，“常言道，水至清则无鱼，好坏都能兼容才行呀，不能因为是自己的理念就口无遮拦吧。”

“我是一名政治家。”江见坚定地看着狩屋，眼神不像是政治家，倒更像是军人。挺直的腰背、毅然的态度看起来一副崇高的样子，可说话做事实在乱七八糟。

要是当初选举时公开了你这理念，你怕是早就落选了吧。

这话泰山差点儿脱口而出，不过跟江见闹僵了也解决不了问题，转念一想，还是提出了建设性的意见。

“对我来说，我想尽快处理好这次的失言问题，集中精力投入当前的政局，希望你去解释清楚。”

“不可能！”

江见斩钉截铁地拒绝了。

“现在请你收起你的理念。”泰山耐着性子，“希望你不要用这种私事给政权抹黑。”

“我没有给政权抹黑呀。”江见的眼睛从泰山身上挪开，直接看向了前面的墙壁。

“小江，就算你没有这个打算，旁人也会这样想的呀。”狩屋拧紧了眉头。

“政治难道就是迎合附会吗？”

“不是这个意思，你怎么就不明白呢……”狩屋焦急地说完，把求助的眼神投向了泰山。

“恕我直言，江见，作为一名阁僚，你的发言非常不合适。不管你怎么想，如果还想继续做大臣，请你去修正发言，或者去解释清楚。”江见的态度如此顽固不化，泰山口气不觉严厉了起来。他原本就是强势急躁的性子。

“我不打算改变主张，也不打算扭曲信念。正确的事情却要求我修正解释，实在是难以理解。我对职位也没有贪念。”

这家伙是蠢货吗……泰山盯着眼前这个头脑搭错了筋的男人。

“我不打算在这里跟你讨论日教联的问题，不过，国土交通大臣的椅子对于你来说是这么无足轻重的吗？你作为一名大臣就只有这点觉悟吗？”

江见没有回答。

“现在好不容易成功赢回了国民的支持，如果再有阁僚辞职会产生多大的负面影响啊？你难道忘了之前参议院选举的事情了吗？”

“当然没忘。但日教联这种东西就应该把它废掉！”江见继续信口开河，泰山和狩屋不禁无语。

到此为止吧！

泰山闭上眼睛停顿了片刻，猛地睁大了眼睛盯着江见。

“下次选举你一定会输的。”听了这话江见果然沉默了，不过也就片刻，“我赢给你看。”江见说着，脸上露出无所谓的笑容，“支持我的国民大有人在。”

哪里去找这样的人……泰山压制住了脱口而出的冲动。

“江见，看来现在你必须考虑一下去留的问题了。”

“泰桑，才上任第五天哪。”狩屋脸色都变了。

“这跟上任几天没有关系。你不适合做内阁大臣。不，虽然你好像还不太明白，准确地说，在此之前你也不够资格从政。这也不需要我说什么了，毕竟你能不能继续成为一名政治家是由国民来决定的。”

“你的意思是要我辞掉大臣职务吗？”江见气势汹汹地问。

“如果你不收回你的失言，那么只能这么做了。如果你说不贪图职位是真的，这样也没问题吧？”

江见盯着泰山看了一会儿，“好，要换、要退，随你。”甩下这句话便头也不回地离开了。

江见离开后，泰山不禁深深叹了口气。

“这下麻烦了，泰桑……会被追究任命责任的……”

“我知道。”泰山抚额叹息。

“下次总选举可全要仰仗你的人气哪。”

“不要再说了，小狩。”泰山打断了狩屋，“现在的困局说什么也要克服，这是我的责任。”

3

“我想请问总理。”

站起来提问的是宪民党的藏本，他正意味深长地看着泰山。先是江见的失言问题，再到人员更替调动，以及后续的人事任命问题，泰山手忙脚乱到没有工夫睡觉，一脸疲惫地等着提问继续。

“针对江见——前国土交通大臣的一系列失言，我想听听总理你是什么看法？”

议长：“武藤泰山君。”

应着众议院议长和田秀entire有气无力的声音，泰山站起身来。

“我对这次江见前国土交通大臣的发言表示衷心的遗憾，我认为那不是内阁成员应该有的言论。”

议长："藏本志郎君。"

"那么，到底是谁任命了这样的人作为内阁大臣？是你吧，总理！作为一名大臣，不仅提出跟自己身份完全不相符的主张，还拒不认错，实在太不够资格了吧。我认为，把这种人任命为大臣的总理的责任更大，让国民承受如此大的失望是非常重大的问题。请问你是怎么看待的？"

议长："武藤泰山君。"

"给各位国民造成如此大的困扰，我深感抱歉，在此向大家诚挚道歉。"

议长："藏本志郎君。"

"真不吸取教训哪，总理。你在之前的就职宣誓中是怎么说的？你说不会背叛各位国民的吧？可现在不是背叛是什么呢？！说起来，新官上任才不过五天啊，五天！才五天就背弃国民的意愿大放厥词！我认为面对此次国民被愚弄的事态，应该明确责任，你觉得呢？"

会场上传出嘲笑讥讽的声音。

议长："武藤泰山君。"

"我不认为是愚弄。"

议长：“藏本志郎君。”

“那不是愚弄是什么呢？不是应该出来认真谢罪，或者表明态度吗？”

议长：“武藤泰山君。”

“所以，”面对藏本的越发难缠，泰山火气渐渐上涌，“我诚挚地表示遗憾，今后也将更加努力，挽回大家对政府的信任。”

议长：“藏本志郎君。”

“总理，你用人不当的责任就这么轻微吗？”

讨人厌的家伙。宪民党原本是民政党议员分离出去自立门户的党派，历史很短，说起来藏本还曾经是党友，彼此对各自的性格和手腕都了如指掌。当时就看不顺眼的人现在成为在野党第一大党的党首，更觉得碍眼。

议长：“武藤泰山君。”

“我诚挚地向大家表示遗憾，我认为‘遗憾’是能最大限度地表达出‘沉重’意思的词语。”

议长：“藏本志郎君。”

“如果真觉得沉重，不是更应该明确责任，找出更适合的对策吗？”

藏本开始翻出民政党的旧账逐一批判。

这个浑蛋……

一股怒气从心头涌起，武藤眼冒金星地瞪着话筒前面的那个人。

藏本没完没了地说个不停，对泰山穷追不舍，就在这时，牙又开始疼了。前些天，泰山百忙中特意抽时间去看了医生，牙疼还是控制不住。那个庸医！就在这时，泰山猛地抬起头，身体一僵。

“请问，追溯到安西政权，已经有几位大臣辞任了？”藏本一脸讽刺地说。

“说实话，你这种人根本就不是当政治家的料！”这样的话居然紧跟着传进了泰山的耳朵。

泰山听完呆若木鸡。这是藏本的发言？！

泰山从椅背上直起身来，目瞪口呆地看着藏本。刚刚是藏本说的吗？！如果是，这才是问题发言！

刚想站起身来质问的泰山停下来看了看周围。

此时本该一片大乱的会场竟然没有动静，只听到在野党议员们嘲笑的声音。

刚才是怎么回事？

因为累了吧……

泰山想，可能是幻听吧。

泰山又看了一眼坐在旁边的经济产业大臣鹤田洋辅，没有任何反应，甚至看不出他是睡着了还是醒着。不愧是“瞌睡鹤田”。

“大臣作为一国政权的顶梁柱……”藏本的发言还在继续，“真是太可笑了！”

什么？！

又听到了……泰山直起身子盯着藏本，可是眼前正在发言的藏本脸上没有任何变化。“绝对不能容忍地位如此重要的大臣在短短几天之内就辞职的情况……像你这种没有脑子的人当了政治家，只会成为国民的灾难。”

等反应过来的时候，泰山已经站起身来。

会场所有人的视线全部投向了泰山，连藏本都停止说话看着泰山，脸上一副莫名其妙的表情。刚刚一直闭着眼睛的鹤田也一脸惊讶地看着他。

“武藤泰山君，请你坐下来。”

这时，议长席上传来鹤田懒洋洋的声音。可是，泰山没能听到最后。

4

这是一个不可思议的生日会。

过生日的主角毫不起眼，客人倒是出尽风头。

六本木的一家俱乐部里。

“喂，再来一瓶唐培里侬吧？真衣。”

对面的女生喝得酩酊大醉，正挥着手里香槟的瓶子，连迷你短裙里露出了内裤都没有察觉。在这家被包场的店里，站在角落的武藤翔从刚才就注意到了这个在稍远位子上的漂亮女孩。女孩一头披肩的长发，穿着贴身带亮片的连衣短裙，双腿从裙底伸出交叠在一起，红色高跟鞋像拖鞋一样挂在脚上。

女孩看起来已经玩到忘乎所以，不过还是美得让人眼前一亮。被一群同样装扮华丽的女孩子和那些眼神发亮、虎视眈眈盯着猎物的男孩子围在中间，完全是一副女王的架势。

无论是胸前的宝石，还是香奈儿的饰品，看得出经济条件非常好。

“唐培里依就好了吗？还有 DRC 哦。”

从旁边位子出来说话的是此次聚会的寿星兼女主人——南真衣。DRC 是罗曼尼·康帝（DomainedeLaRomanee-Conti）的首字母，高级红酒。

“是吗？还有 DRC 呀，我想要呢，就那个吧！”

刚才的女孩像个撒娇的孩子扭了扭身子。

真衣一副无可奈何的表情点点头，走到离翔不远的地方，朝店里面的经理招了招手。

“荒木，去年我们购入了不少加利福尼亚红酒是吧，700

日元一瓶的那些，去拿一瓶出来送到那边桌子上去。”

一边说着，一边眼睛朝抱着香槟酒瓶的女孩示意了一下。

“社长……不是要 DRC 吗？”

“怎么可能给那种喝到烂醉如泥的蠢女人喝，现在就算给她酱油都喝不出味儿啦。哦，对了，你去吩咐一下，找个 DRC 的空瓶，把标签撕下来换上。”

荒木轻轻点了点头，朝酒窖深处走去。

“很能干嘛……”在旁边偷听的翔一只手端着酒杯，“不愧是奸商。”

真衣虽然和翔一样是京成大学三年级的学生，却以学生创业者的身份扬名在外。大学一年级的时候，真衣兴趣使然开了一家网购公司，挖到了第一桶金后不断扩大业务，现在成了年营业额达十亿的公司的社长，这家六本木的俱乐部最近也在真衣收购之后客流量增长了三倍。表面看起来普普通通毫不起眼的真衣，其实有着敏锐到令人生畏的商业嗅觉。

“哎，你在偷听？不过翔的话，肯定会为我保密的，对吧。”

真衣露出无辜的笑容，一双可爱的眼睛滴溜溜地转着。

这场聚会聚集了在各界活跃的年纪相仿的朋友和熟人，各个衣着华丽，真衣淹没在这群人中间，毫不起眼。本来她也可以盛装出场，可今天偏偏穿了一套米色系的普通职业装。

“罗曼尼·康帝这种级别的拿给她就好了吧，反正你多到放不下。”翔说。

这场聚会只在最初收了一万日元的会费，剩下的费用全部由真衣承担。

“对你来说又不算什么，跟酱油没啥区别吧？”

“才不是呢。这种地方不节省的话，财运很快就会流走的。”

真衣性格里坚定的商人属性可见一斑。

“那还拿出了唐培里侬？”

听闻此话，真衣从柜台里摸出一个小药包给翔看，“这个，我们的新品。”

“这是什么？”

“唐培里侬之素。”

“什么？唐培里侬之素？”翔睁大了眼睛。

“对！便宜的起泡酒里放入它之后，哎呀，不可思议的事情发生咯，立马就能变成唐培里侬的味道了。”

“厉害……”翔一脸佩服，“这个多少钱？”

“价格还没定呢，不过我想一盒三包卖五百日元，广告语就用‘一枚硬币的价格喝唐培里侬’，怎么样？我想今天的聚会只要不露馅儿就会有市场。今天基本等同于免费，做这点市场调查也不算过分吧。再说……”真衣说着，瞪大了眼睛瞥了背后的桌子一眼，“那些人，现在不管喝什么都喝不出味道啦。”

“刚才干杯的时候的确是唐培里侬的味道。”

“最开始时拿出的是真酒啦！”真衣痛快地回答，接着像是看透了翔的心思，“话说回来，翔，你是不是看上中间的那个女孩啦？”

“有点吧……”

“不后悔？”

正想问她这话是什么意思，只见真衣已经走上前去。

“艾丽卡！”

女孩正侧耳听着桌上人交谈，听到喊声投来了一道凌厉的目光。

“给你介绍一下，这是武藤翔，这是村野艾丽卡。翔的父亲是武藤泰山哦。”

真衣的话音刚落，桌上响起一片感叹声。

马上就有人给翔让出了位子。翔说了声“谢谢”，坐到艾丽卡旁边，立刻又有人递上擦得闪亮的红酒杯。

“哎，武藤总理是你爸爸呀……”艾丽卡盯着翔的脸。

“我脸上有东西吗？”

“感觉不怎么像嘛，你爸长得实在太丑了……那副样子出席重要国家‘头脑’会议什么的太不体面了，对吧？”

希望获得同伴们的赞成，结果却没有人敢回答。艾丽卡比表面看起来醉得还要厉害。

“话说，不应该是重要国家‘首脑’会议吗？”

“故意的啦！试试你的智商而已。”

刚才的兴趣消失无踪，取而代之的是焦躁不安。讨厌的女人！

“两个都差不多！日本首相更适合参加什么重要国家‘无脑’会议吧。”

“啊？”翔不禁哑然，“你对人家父母的事情这么感兴趣吗？”

“反正你总归要继承你爸的选区当议员的嘛。”

“我当议员？开玩笑！”翔笑出声来，“那种无聊的工作，谁会去继承！去公司上班都比它强一百倍。”

一桌人兴趣盎然地看着翔。除了内阁总理大臣儿子的身份，武藤家还是四国的第一大财团。相传武藤泰山是家中长男，幼年时曾骑着白马绕着一片广阔的建筑用地散步。

“是吗？我倒不觉得无聊。”艾丽卡说，“政治家本来不应该是伟大的工作吗？是谁把它变得无聊的，不正是你爸那样的人吗。看看现在国会议员里面担任高职的，都是一些没有能力却靠着继承父辈选区就当上了政治家的‘政二代’。要说我讨厌什么，简直没有比‘政二代’们更讨厌的了！那些人靠着满嘴家国天下的大话当上了内阁总理大臣，结果遇到一点困难就中途逃跑，一不如意就辞职，又不是学生打工！再说了，现在就算打工也没有随随便便辞职的……进公司做职员，是不管工作无聊还是难做，都要咬紧牙关坚持到底的，你懂不懂啊？武藤先生，辛苦的上班族，你做不做得来啊？”

艾丽卡点了一根薄荷味道的香烟，吐出一口淡淡的烟圈。“你爸也是‘政二代’吧？还不是一样。那种政治家只是嘴巴灵光说一些冠冕堂皇的话，当上首相之后，国家不会有任何改变，不是吗？”

“我说过了，跟我没关系……”翔觉得麻烦，语气渐渐变得不耐烦了。这种女人看起来不错，性格却是奇差。交往过的男人肯定也都很差。“我对政治没有兴趣，而且，我也不想跟第一次见面的人讨论这个问题。”

就在此时。

“……我认为‘遗憾’是能最大限度表达出‘沉重’意思的词语。”

翔猛地抬起头看了看，这好像是老爸的声音。

是幻听吗？现在这家店里有超过百人的顾客，说话的声音不绝于耳。可是，刚才翔听到的绝不是那些嘈杂的交谈声，而是一种完全不同的声音，像是从立体声耳机里传出的贴近耳边低语的声音。

“我是在纠正你错误的认知呢。”

翔的意识被艾丽卡的声音拉了回来，只见一双充满挑战意味的眼睛正看着自己。待他回过神来，周围的人已经渐渐散去，大大的桌子周围只剩下艾丽卡和翔，以及一脸担心看着二人说话的真衣。

“哪里错了？说出来听听。”翔面对艾丽卡，“你知道政治家是什么样子吗？你这种蠢货女学生知道什么！”

“蠢货？！这个词我原封不动还给你哦，留级两年还上了周刊的人是谁？”

翔瞥了一眼冷笑的艾丽卡。浑蛋……以前留级的事情被周刊曝光了，还配上了他夜夜到俱乐部晃荡，用老爸的名义赊账，喝着高级红酒闹事的照片。直到现在翔都恨不得掐死那个周刊记者。

“你听好了，我再说一遍。”翔说，“我跟我爸没有关系，我不想继承他做政治家，刚才我已经说过了，我只想普普通通地上班，你给我记好了！另外，别再让我听到你这么张狂地大放厥词，闭嘴！”

翔屏住了呼吸。

这次听得真真切切。

“……已经有几位大臣辞职了？”

幻听？喂！烦死了啊！

翔左右晃了晃头，这时——

“呵呵，你这种人根本就不是当政治家的料！”

艾丽卡的嘲笑声传来。原本不想跟她计较，结果翔压根儿控制不住火气。

“你给我适可而止！”

翔脸上的表情忽然顿住，周围的声音消失了，只有艾丽卡的声音清晰地传过来。

“普普通通就职？你觉得会有公司聘用你这种在学校基本不露面又留级两年的学生吗？——大臣作为一国政权的顶

梁柱……”

陷入极度混乱的翔，眼神迷失在这片昏暗的虚空中。现在不是跟艾丽卡吵架的时候。

“真是太可笑了！”艾丽卡还在继续，“对哦，也许能进自家的公司吧！”

“吵死了！”

翔大声喊着想要摆脱这不知是从哪里传来的声音，只觉得浑身发烫，额头冒出了豆大的汗珠。

“我可不想听轻浮的女人讲什么就职的事情，担心别人之前先担心担心自己吧！还不知道是哪个笨蛋学校里的学生呢……”

“翔，艾丽卡也是我们学校的学生哦。”

听到真衣的话，翔瞪大了眼睛看着艾丽卡。

“初次见面。”艾丽卡故作滑稽地说，“我是和你同在外语班的村野艾丽卡，请多多关照。”

“什么？同班？”

“对呀，从不来学校的人，根本不会关心谁在什么班上吧。”

“靠……”翔暗骂了一句。

“我就职的事情先放一边吧，为什么呢？因为我已经被Societe Francaise内定录用了，所以用不着你担心。不过我觉得你找工作就不会像我这么顺利了。”

“Societe？她说的是什么？”

翔问真衣。

“Societe Francaise 是总部在巴黎的投资银行，艾丽卡已经被内定，毕业后到巴黎工作呢。”

翔“啧”了一声。

“艾丽卡也适可而止吧。”真衣责备道，“翔已经说了不会从政，当然我知道你是出了名地讨厌‘政二代’。”

“出名？”

面对翔疑问的眼神，真衣苦笑着继续说：“艾丽卡在大学里参加的是辩论部，擅长发表政治题目的毒舌演说……其实，你最想当政治家，对吧？艾丽卡。”

“是呢……”艾丽卡表情有些落寞，“大学毕业直接涉足政治能做的事情非常少，所以我想先到社会上积累些经验，提高问题意识。想当政治家的话，再晚些也是可以的，而且经历能提高信赖感。”

“你的意思是为了从政才就职的？顺便去辩论部？变态啊……”

“哎，那也比笨蛋强！”艾丽卡立刻回嘴。

“你！”

翔差点儿一拳打到桌子上，就在这时，又听到了那个声音。“在短短几天之内就辞职的情况……”

“这是怎么回事！”翔抱头趴在了桌子上。

“翔，你没事吧？”

真衣担心的声音跟艾丽卡的声音重叠在一起。

“不当政治家是正确的，像你这种没有脑子的人当了政治家，只会成为国民的灾难。”

“闭嘴！！”

翔猛地站起身来，只见红酒杯“啪”地掉到地上，传来一声脆响。

这时，一段慵懒的声音从不知名的地方冒出来。

“武藤泰山君，请你坐下来。”

从意识深处传来的声音突然断了线，与翔的意识一起，消失了。

第二章　父子相声

1

会场里所有议员的眼睛齐刷刷地盯着翔，每个人脸上的表情都写满了惊讶，有人张大了嘴，有人眨巴着眼睛。

“怎么回事……”

翔不禁嘀咕了一声，用力甩了甩头，低下头紧紧闭上眼睛，再次猛地抬起头来瞪大了眼睛。

那些紧盯着自己的无数双眼睛并没有消失。还不只这些……翔意识到他正在一个扇形会场的中间，麦克风前面有个男人正瞪着自己。

这个人他好像见过。

噢，是藏本志郎。

即便翔除了玩乐其他事情全然不关心，也还是记得藏本的名字和模样的。毕竟，他是被称为父亲武藤泰山的“永远的对手”的在野党宪民党总裁。

藏本为什么会出现在我的面前？

我到底是怎么了……

翔低头看了看自己，原本穿在身上的瘦腿裤、颜色鲜艳的休闲衬衫和那双 Santoni 的运动鞋不见了，取而代之的是擦得铿亮的皮鞋和一身浅色的高级西装。

这什么品位，太难看了……

在想到为什么自己穿了这一身衣服之前，倒是先冒出了这个想法。

“到底是怎么回事……”

口出狂言的女子、四处弥漫的烟气和嘈杂的生日聚会也消失了，一派莫名其妙的光景出现在眼前。不，不只是出现在眼前，明明身处其中！

“不会吧……”

往旁边一看，一个老头儿正一脸困惑地看着自己。

“啊，鹤田……”

翔不禁小声叫出来。鹤田洋辅是父亲泰山的盟友之一，是看着翔长大的。

“总理？”鹤田的粗眉毛动了一下，声音里带着不解。

总理？！

翔终于弄明白这是在喊自己。

“总理……”

鹤田又叫了一声，随之，翔终于明白了。

不是理解，也不是接受，翔只是意识到，他正穿着父亲的衣服，被人喊作总理！

“怎么了？”

翔试着张口说话，声音低沉嘶哑，他认识这个声音，没错，正是父亲，武藤泰山！

为什么会这样？可是这不争的事实摆在了眼前。

翔抬起头，现实毫不留情地扑面而来。

这里——现在我所在的地方——毫无疑问——“是国会啊！！”

眼前这荒唐无比的情景使得翔一阵眩晕。

“武藤泰山君。”

快告诉我这是个梦……在议员们审视的目光包围下，翔暗自祈祷这不过是个恶作剧。

“武藤泰山君。”

这么离谱的事情怎么可能是真的！

一定是梦。

梦……

“武藤泰山君？”

翔的沉默引得会场上起哄声渐起，不解的低声嘀咕逐渐变成嘈杂吵嚷的声音，在会场里扩散开来。

这时，坐在不远处的一位老人朝这边回过头来。这个人我见过，叫城山什么的，应该是派阀里的老大。

“怎么了？泰山！快回答！”

“回答？……”

翔不解地小声重复着，这时旁边的鹤田按了按翔的肩膀站起身来。

“议长！”

鹤田朝向议长席举手示意之后快步走到麦克风面前。

“对于刚才的提问，请允许我代替总理回答大家。”

“在问总理呢……”

会场里有人开始起哄，不过鹤田对此置若罔闻般开始了发言。

只是他到底说了些什么，翔完全没有印象。

“没事吧？泰桑！”

议会结束之后，狩屋过来问候。

狩屋作为助手在武藤内阁中担任官房长官一职，是经常出入武藤家的政客之一。翔还是孩子的时候，经常跟狩屋一起玩耍。

“狩屋叔……”

狩屋瞬间石化，紧紧盯着翔。

“我们走吧。”狩屋催促着翔离开会场，跟翔一起钻进了公用车。

“回官邸。”狩屋向司机下达命令。

“今天您实在累了，还是先回家休息吧，泰桑。”

狩屋说完欲言又止地看着翔，最后自言自语般说：“不过刚才实在太惊险了。”

“如果没有鹤桑救场，后果简直不堪设想……”

翔看着这位官房长官，“听我说，狩屋……”刚一出声，只见狩屋一只手指抵在唇边示意他不要多言，瞄了司机一眼之后说，“随后愿闻其详。”

翔把身体扔到后座的靠背上。

酒已经完全醒了。身体里像是积攒了太多的疲惫，僵硬的关节正阵阵发疼，完全像是到了四十岁的年纪……

车停到门廊之后，妈妈出来迎接。

“欢迎回家，老公。”

老公?

翔瞬间定住，重又上下打量了一下自己，只得含糊地答了一声“嗯”，赶紧避开了视线。总之，先蒙混过去吧，除此以外也没有其他办法了。是梦总会醒的……

“绫夫人。”这时狩屋喊着妈妈的名字走下车来。

“泰桑今天像是累了，请先让他休息，我回办公室处理一下记者见面会的事情再回来。”

“哎呀，是吗……”

妈妈瞪大了眼睛盯着翔，接着不可思议地转头看向狩屋，似乎想要问什么。跟平时不太一样……也许是女人的直觉这样告诉她，不过最终她什么都没说，只回了一句“知道了”，便和翔走进了房间。

“先洗澡吗？老公。”妈妈问道。

“啊……好啊……那个……”

翔失魂落魄得不知如何是好，话刚出口便顿住了，只见妈妈正一脸严肃地看着自己，翔不禁向着那道目光求助。

“呃，老妈！是我，我是翔啊！”

妈妈无聊地看了看翔，一扭头冷冰冰地问：“这次又是什么花招？！”

面容姣好的妈妈身上总有种傲慢冰冷的气质，如实地反映出美丽的女大学生成为富家太太之后的状态。刚才碰到的艾丽卡到了三十岁肯定也是这副样子。

“不是，老妈……”翔才刚开口……

“给我。”只见妈妈一脸冷漠地说。

“什么？”

“一亿日元。”

“啊？！”

翔惊掉了下巴。“什么！”

“别跟我说你忘了！”

妈妈的表情瞬间变得凶巴巴的，盯着翔的眼睛反问：“你说给我一亿日元让我把你以前的风流事忘掉的吗？你说丑闻会要了总理的命，还说要在人前假装恩爱！”

“不会吧……”

“喂！”妈妈横眉冷对，“约定就是约定！”

“啊……哦……”被妈妈的气势完全压倒，翔说，“知……知道了……”

“知道就好！”妈妈双手叉腰，意气用事地说。

早就知道爸爸风流，得知他有一两个情人，翔根本不觉得意外。而且，现在也不是纠缠这种事情的时候。

“老公，你先去洗澡，我把换洗衣服拿来。”

好像什么都没有发生一样，妈妈说完便走开了。翔把西服外套和裤子脱下来扔到沙发上，穿着衬衫无可奈何地走进了浴室。

翔脱光了衣服，站在镜子面前。

“真的假的……”

镜子里映出的是一副完全陌生的身体。不，可能等过了四十岁，翔的身体也会变成这样。

肌肉松弛的胸膛、爬上皱纹的脖子、凸起的小肚子，还有下面软塌塌的藏起来的小丁丁……翔再次凝视着镜中的面庞，呆然地站直了身子。

“老爸……”

镜子里的那张脸，正是父亲武藤泰山！

“这到底是怎么回事啊！！浑蛋！”

翔无力地瘫软在地，拳头疯狂地打在铺了防滑毯的地上。就在这时，脑子里突然冒出的想法让他停止了动作。

“我现在穿越到了老爸的身体里，那我的身体在哪里？正做什么呢？”

2

“议长！”

泰山察觉到身体的异样，想要申请休息片刻，站起身时还是好好的，可突然出现的一切让他惊得说不出话来。

随着酒杯落地摔碎的声音，店员慌慌张张飞奔过来收拾残局。

“你没事吧……”

眼前的这个年轻女孩，正用厌恶的眼神看着自己。

“这是哪儿……”

泰山不禁脱口而出。

这里不是会场。泰山正身处一家不知在何处的灯光昏暗的酒吧里，耳边是嘈杂的背景音乐和年轻客人们的喧嚣声。这里没有会场上的讥笑嘲讽，也没有令人窒息的针锋相对，到处充斥着无序和混乱。

这是哪里？为什么我会在这里？我是什么时候，又是怎样从会场来到这里的？一连串的疑问瞬间涌进泰山的脑海中，可是他想不出任何缘由，也找不到任何线索，只是一双眼睛茫然地盯着眼前一片烟雾缭绕的虚空。

“喂，装什么蒜呢！”

耳边说话声响起，泰山闻到一股烟味，接着被强行按住肩膀坐了下来。

“你干吗？”

只见一个男人嘴角叼着香烟正玩世不恭地看着泰山。眼尾吊起，瘦瘦的颧骨，尖尖的下巴，活脱脱一副狐狸的模样，脸上带着一抹狂妄和恶意。

“你干吗？”

狐脸男模仿泰山的语气调戏，“他刚才问我‘你干吗？’”，说着转头跟身后的同伴们高声笑起来。他身后还有几个同样痞气的年轻人围在一旁，脸上冷冷地笑着。

“政治家的公子哥就可以这么傲气吗？”

“公子哥？”

泰山不禁问出口。不过这话不像是在问别人，而是在问自己。

“不是公子哥吗？浪荡公子哥！”

男人再一次发出了刺耳的笑声。

“太无礼了吧你！”泰山有些生气。

“哎哟，又来了嘛，你这傲慢的语气——太无礼了吧你！啊哈哈哈！”

泰山照着男人的胸口就是一拳。

“你干吗！”

男人说着伸出拳头想要还击，被泰山一把抓住手腕向前一送，桌上的杯子无一幸免，全部倒地。

可是，泰山吓了一跳，不为别的，而是——泰山的视线被遮住了——蓬乱的头发。

啊？

头发？

泰山不由得用手摸了摸本该稀疏的头顶，却被指尖蓬松的头发触感惊到，“腾”的一声站起身来。

泰山上下打量着自己。

本该穿在身上的Ermenegildo Zegna定制西装不见了，取而代之的是瘦腿裤和颜色鲜艳的开襟衬衫。

怎么回事？！

就在泰山发呆的空当，肚子上传来鞋底硬质的触感。

泰山的身体被踢飞，撞到桌子上又滚到了地上，杯子和餐具碎落了一地，泰山背上传来阵阵疼痛。

“喂，翔！”

泰山伏在地上，耳边不知是谁在喊。

“翔？”

只见一个年轻人蹲了下来正看着自己。

“你没事吧？”他小声问。

“啊……嗯……还好吧。对不住啊。”

年轻人愣住了。

“你说‘对不住’？翔，你没事吧！”

“嗯，还好，好像没骨折……”

年轻人听到回答，在泰山头上轻敲了一下，转过身去。

“你们要干什么？”他低声说着猛地站起身来，个子不高但看上去非常结实。

“我在教他怎么说话，你有意见吗？笨蛋！”狐脸男说。

“有意见啊！”

男人正回话，这时一声清丽的声音响起，“你们不要闹了！”随之一个可爱的女孩出现。她双手叉腰，凌厉地看着男孩们的样子有种说不出的威严。

“别闹啦！”

眼前这个华丽的女孩也出了声。“对不起呀，真衣，我会把这些人带走的。那个和这个，我随后赔给你。”她用下巴点了点那散落了一地的玻璃碎片和东倒西歪的桌子。

“那些东西就不要在意了。”叫作真衣的女孩说，“而且也没有必要回去。吵闹到此为止吧。艾丽卡，我们去那边喝酒吧。”

艾丽卡，貌似是那个女孩的名字。她瞥了一眼泰山，眼神里满是嘲讽，站起身来走了。这是一个浑身散发着女王气质的女子。

把泰山踢飞的男孩们不满地离开，朝角落里的桌子走去，刚才的吵闹像从没发生过一样。人群散去，店员把地面收拾干净，桌子上又添了新的酒和零食。

泰山只能像做梦一样地看着眼前的一切。即便是在政界闯荡多年见多识广的泰山，面对这突如其来的状况，想要冷静判断也实在是无能为力了。

本该在国会做质疑答辩的自己，到底是到了哪里？

我现在为什么会在这里？

“没事吧？翔？”

“你叫我什么？”

男子瞪大了眼睛。

“你的头也被打到了？！”

“可能吧。不过，你叫什么？”

“我？牧……牧原……你真的没事吗？”刚才的男孩问泰山。

“啊，没什么。我先走一步。”

泰山朝酒吧里面的厕所走去。关上门的瞬间，他颤抖着深深吐了一口气。

低下头闭上眼睛，重又睁开眼睛看了看身上的衣服，摸了摸头发。

“这是怎么回事！！！”

待他抬起头时，彻底惊呆了。

大大的镜子里映出一名男子。

“翔……”

是梦吗？

泰山在眼前重复把两只手张开，握拳，这是他想让自己镇定时经常做的动作。

“这不是梦……”

泰山抬起头。

我呢？真正的我在哪里？

“国会！”

泰山从厕所飞奔出去。

3

“等一下！让我们那么难堪，还想一个人先跑？”

跑到门外的时候，被身后的声音叫住。泰山不禁皱了下眉。是刚才那些人，三个人。中间的狐脸男身穿白色T恤和黑色外套，脖子上戴着金链子，其他两个人估计也是学生，不过一眼看上去像是郊区俱乐部的男公关。

“我现在正忙，晚点再说吧。”

“我说了让你等着！”

泰山正要走开，手腕被一把抓住。

“放开！”泰山想甩开。

“什么？你还想打一架？”

男子冷笑着。

随便你怎么说。

泰山甩了个轻蔑的眼神向前走去，结果还没走出几步就被拽着胳膊拉了回来。

“你想一声不吭就回家？太天真了吧，今天不做个了结是不会让你走的。”

狐脸男一副无赖的表情凑了上来。

“了结？”泰山问道，“什么了结？”

“给我们难堪——”狐脸男拖着长音说，“你刚才对艾丽卡不敬，给我去好好道个歉！”

“抱歉，做不到。我没什么要道歉的，而且最好是你来跟我道歉。”

“你这话倒是有点意思……”另外两人走过来，围住了泰山。

“你们会后悔的！”

“老子看你嘴硬到什么时候。”

一记重拳打到了泰山的腹部。

突然袭击。泰山虽然嘴上逞强，但不代表打架厉害。

呻吟出声的泰山后脑勺又遭肘部重击，摔倒在柏油路上，疼得龇牙咧嘴，眼里泛起了泪花。几个男人冷笑着，居高临下地看着他。

这时，眼前出现了一双鞋子。

与此同时，狐脸男摔倒在柏油路上，因痛苦而扭曲的脸飞入泰山的视线。

“你们这群人太过分了，浑蛋！”

泰山抬起头，只见牧原又一记下钩拳摆平了一人。这人貌似身手很不错。

“还不快滚！”

最后一人抛弃同伴慌忙逃走，牧原把肩膀借给泰山，“来，抓好了。”

“他们是谁？”

泰山问道，却引得腹部周围传来阵阵痛感。牧原听闻此话瞬间顿住，吃惊地看着泰山。

“是谁？是桥田啊。”

“桥田？”

“对啊，就是演歌歌手桥田洋一郎的儿子。”

“啊……是那个桥田啊。今天是怎么回事啊？”

牧原吃惊地盯着泰山的脸。

“你啊，是不是被打到头打出了问题？桥田去年被你抢了女朋友一直怀恨在心啊。听他刚才的话貌似正追求那个叫艾丽卡的女孩呢。我听说你们都来参加这个聚会的时候，就觉得事情不妙，果不其然。”

“还有啊，你这副样子能乘地铁吗？”

泰山低头一看，上衣沾满了土。

“没关系。我打车回去。谢谢啊，牧原君。”

“牧原……君？”

泰山朝着呆若木鸡的翔的朋友举起右手以示再见，穿着那一身满是尘土的上衣拦住了一辆正好路过的出租车。

“司机，请送我到‘首相官邸’。”

司机诧异的眼神透过后视镜传来。

“请问是在哪里的店，客人？”

“蠢货！”

泰山怒斥一声，“永田町的首相官邸！快点！”

4

“哎呀，不准备休息吗？”

洗过澡出来之后，翔朝妈妈摇了摇头，简单回了一句“不需要”，便走向了爸爸的房间。

当天穿着的西装正挂在那里。

翻了翻里面的口袋，刚才惊慌失措没有想到，爸爸的手机果然还放在里面。

想打电话给好朋友牧原宽，可是记不得号码了，于是走到书房打开电脑，靠着残存的记忆检索真衣的店。

“好像是 arute 什么的……”

一个人嘴里嘟嘟囔囔着在搜索引擎上输入了“arute”和“六本木”的关键字，出现了上千条页面。

追加“南真衣”三个字再次检索。

点击店面主页，查出电话号码拨了过去，对方很快接了电话。

“请问，南真衣小姐在吗？”

翔被自己粗哑可疑的声音吓了一跳，更别提对方听到后一阵沉默。

“请问您是哪位？”

对方用事务性的语气询问道。

“我叫武藤。”

翔报上姓氏。“是今天参加南小姐生日聚会的武藤翔的家人，能麻烦南小姐接电话吗？”

“请稍等。”

电话里传来等待的音乐声，随后很快就出现了熟悉的声音。

“你好，我是南。”

怎样回话才好？如果是平时的翔，会直接问：“真衣吗？”可是以现在的嗓音，怕是对方根本听不出来了。

“我是武藤。”

刚一报上名号，“今天实在是抱歉”，就听到电话里传来真衣的道歉。

“客人之间起了些冲突，原本在店里已经给过警告了，没想到在店外竟然打了起来，实在是意料之外。”

“打起来了？”

翔顿时焦急地提高了声音，“你说打架？跟谁？”

“呃……您没有听说吗？”

真衣惊讶的声音传来，她一定以为这是父母打过来的责问电话。不过，武藤泰山不是会为子女吵架这种事情出头的人。

“没有，什么都没听说。请说说具体的情况。”

语气尽量平稳下来，可是内心一点都不平静——到底跟谁打架了？！

“翔刚一出门，桥田他们就追了出去，等我听到声响出去看的时候翔已经走了。据在场的人说翔被踢打得厉害……”

桥田这个浑蛋！

“桥田怎么样了？”翔气得直呼其名。

“在店门口被还击……”

真衣口中有了意外的转折。“据说翔的朋友牧原君过来帮忙，他是合气道二段。”

好样的小宽！活该啊！桥田，你这个浑蛋！

翔正在心里欢呼着，就在这时——

门外响起一阵慌忙的足音，书房的门被人气势汹汹地撞开。

看到这个喘着粗气肩膀剧烈起伏着的男人，翔瞬间呆住了。

“我？！……真的假的？！”

站在那里的无疑就是翔自己。这时——

“你是谁？”

一句尖锐的质疑飞过来，翔僵直着身体盯着站在门口的自己。

不会吧——

声音不对，不过那高高在上的语气非常耳熟。

“不会是，老爸？”

对方大惊失色，看着翔。

“……翔？是翔吗？”

“是我啊，你是老爸吗？！”

只见对方大步上前一个巴掌招呼了过来。在人类历史上，会被自己如此狠揍的，除了翔不会有第二个人了。

“疼！”

“你这个浑蛋小子！”

“哪有上来就打人的啊！”

“这到底是怎么回事！是你干的吗？！”

“我怎么可能做得来这个！你在开玩笑吗？！”

翔一直都不喜欢父亲。这个全心扑在政治上、对家庭漠不关心又为所欲为的男人，每次见到翔不是冷嘲热讽说他没用，就是甩几眼恨铁不成钢的眼神。到现在没有一次夸奖，也没有做过任何父亲该做的事情，这种人不配做父亲。我不认可这个老爸。

可是，现在转移到翔的身体里的父亲，正颤抖着声音说："这是怎么回事……"无助地用双手抱住了头。

翔正因为这意外的一幕不知所措，忽然注意到他的瘦腿裤上沾满了尘土，甚至破了洞，翔不禁"哎呀"一声。

"你去做什么了，老爸！真是想不到啊，搞成这副样子，你把我的衣服怎么了！"

"闭嘴……"

泰山的语气里满是疲惫，"还不是因为你行为不端……"

"你真会说，要说'不端'也是彼此彼此吧，是谁说要给老妈一亿的！"

翔故意使坏，只见泰山大吃一惊抬起头来，涨红着脸问："你怎么知道的？"

"刚才老妈说的，要我给她。"

"然后呢？你……你怎么说的？！"

"我说会给她的，怎么，不行吗？"

泰山"啧"了一声皱起眉头说："我原本想蒙混过去……"

"我哪里知道，要是不想给一开始就不要说！"

"她威胁我说不给就要跟我离婚……而且，那可是总裁选举的前一天啊，哪有这样的……这是犯规！"

不愧是老妈！翔心里暗自敬佩，狠狠握住了自家老公的命门。

“先不说这个了，老爸，这到底是怎么回事？我们为什么会交换身体？”

待翔又提出这个问题，泰山赶紧把门关好。“不知道……不过，我对此深表遗憾。”

“停！你这是什么语气……你以为是国会答辩吗？”

翔一顿挖苦，泰山听罢猛然想起什么似的抬起头。

“喂，代表提问！后来怎么样了？”

“代表提问？藏本老头儿提问？”

“不会……你不会……”

泰山发出一声绝望的吼声，这是翔自己从来没有发出过的声音。

“别担心，已经想办法蒙混过去了。”

听说鹤田代替自己完成了答辩，坐在椅子上的泰山放下心来，叹了口气无助地抬头望天。

此时，响起了敲门的声音。

“老公？你在吗？狩屋来了，说有事找你。”

“怎么办？”翔猛地抬起头来问泰山。

泰山犹豫片刻，说：“你来回答。”

“哎？！我？”

“没办法啊！现在你是我，我是你啊！”

“老公。”

门外妈妈在喊，没有时间了。

“啊，知道了……让他进来吧！”

勉强回答过后，只见狩屋从门外走了进来，翔挤出一个难看的笑脸。

“泰桑，你没事吧？”

走进房间的狩屋看到翔的身影大吃了一惊。

“哎？小翔来了啊！很少见嘛。这一身是怎么了？”

“嗯……那个……”

听到泰山含糊的回答，狩屋没有再追问下去。知道武藤父子之间的矛盾，狩屋不愿过多干预，转过头来看着翔。

“身体感觉如何了？泰桑。”

“先不说这个，记者见面会怎么样？小狩。”

在一旁搭话的是换到翔身体里的泰山。狩屋看着不小心说漏了嘴的泰山，满脸不可思议的表情。不过狩屋跟武藤家交往甚深，眼神中的惊讶很快便恢复了正常。

“平安解决了。”狩屋慎重地回答。

“是吗，那就好！”泰山安心地松了口气。

“你在担心吗，小翔？”狩屋问道。

“那还用说！”泰山想都没想就答了话，意识到不妥后含糊地接着说，“啊……那个……也不是的……”

“您二位在这个时间在一起真是少见哪，是吧，泰桑？”

“啊，嗯，是啊……”

翔随口应和着，心里发愁怎样才能摆脱现在的窘境。

“有什么事吗？狩屋叔……啊不对，小狩？”

狩屋听闻此言，坐直了身子严肃地看着翔，“我以为您有话对我说。”

“什么话？”

“到底发生了什么事？”狩屋一本正经地说，“刚才在国会上答辩的泰桑跟平时的泰桑判若两人，如果身体不舒服，我们还是去医院吧。”

“哎……不是那样的……”

不知道该如何解释，不……连应不应该解释都不知道……翔陷入了左右为难。

“到底是怎么回事？”狩屋没有放弃。

“由我来说吧，小狩。”泰山此时接过话来。

“小翔？”狩屋目瞪口呆地看着他。

“我不是小翔，小狩。”

泰山眼神威严地看着狩屋。翔第一次知道原来自己的脸上也能出现这样的表情。

“我是泰山。”

“啊？！”

此话一出，一秒、两秒、三秒……整整过了十秒钟，狩屋沉默着一动不动。

“我才是翔，狩屋叔！”

这次说话的是翔。

又过了整整十秒钟，狩屋才发出了声音，“你们是什么时候开始喜欢上父子相声的？”

“不，我说的是真的！不知道什么原因，我们互换了身体。”

“就像那些无聊电影里的剧情？”

狩屋嘴角露出绝望的苦笑。

“是啊，就像那些无聊的电影。不过遗憾的是，这场电影就算觉得无聊也不可以随时离场……是逃避不了的……现实……”

“如果二位还有心情开这种玩笑，至少说明身体没有大碍吧。”

狩屋说了声“打扰了”，便叹了口气站起身来。

就在此时。

“是我让你跟菜菜美分手的吧，小狩。”

泰山的这句话让狩屋瞬间顿住脚步，抬起头来震惊地看着他，也就是翔的身体。

狩屋的表情一时变幻莫测，充满了疑惑。

“你……你怎么知道这件事的……”

“所以我说了，我就是泰山。那个是翔。”

狩屋回头盯着翔，陷入沉思，一张脸阴晴不定。

“怎么可能……”

“是真的。”

“骗人的吧……”

“我说了是真的！”

“那……”

狩屋脸色一变，看着泰山，“你回答我的问题。美里是谁？”

“美里有很多个，你说的是银座缪斯的妈妈桑吗？”

狩屋目瞪口呆。

“正……正确……那……FROG的真奈美的三围是多少？”

“96、65、90，这是公开数据，但真实数据是多少，还没摸过，所以不知道。不过她就是个胖子，身高才一米五。”

泰山的回答没有丝毫迟疑。

“正确……”

狩屋深吸了一口气，“那……跟你最近分手的……”

“好了，不要再没完没了了，小狩！”泰山“砰”地敲了下膝盖，“你已经清楚了吧，不要再说了，你坐到那边。我现在说的这些你以为翔会知道吗？”

狩屋脸色惨白，瘫软地摔倒在椅子上。

“真是的……你这个家伙，脑子里除了女人的事情就没别的了吗！”

被泰山一顿斥责，狩屋有些难为情，“要确定到底是不是泰桑，这是最直接的方法了……”

“我可是一国的首相！小狩！”

“可是……现在看起来不过是个大学生……”

狩屋原本就是不拘小节的性格，平时做事大方得体，即使面对紧急事态，也能开着玩笑轻松应对，可现在愁眉苦脸的样子，内心的翻江倒海最后浓缩成一个必然的问题脱口而出。

“为什么会变成这个样子？”

“谁知道！”泰山恨恨地说，“如果是梦，赶紧醒了才好。”

“小翔也没有线索吗？”

听到狩屋的询问，翔摇了摇头，“没有……这种事情……”

“可是，没有任何原因，怎么可能发生这种事情！”

说得也是。可是怎么想都想不出所以然，正陷入思考的空当。“原因我们慢慢想，现在最重要的是克服眼前的困境，泰桑。”狩屋展现出极高的应变能力，“这样下去国会是通不过的，当务之急是赶快找到能够接受紧急事态、能够随机应变的战友。”

“要先向干事长汇报吗？”

“不行！”听到泰山的话，狩屋出乎意料、非常强硬地拒绝了。

“甲村口风不严，如果告诉了甲村，很快就会传入茂木的耳朵，那样的话后果不堪设想。”

让茂木派的甲村健太郎担任干事长，是为了照顾总裁选举时的竞争对手茂木，不过确如狩屋所言，甲村和茂木都不是能够敞开心扉的人选。

“那如何是好……”

面对焦躁的泰山，狩屋冷静地分析：“首先，是第一秘书贝原。告诉他应该是没问题的，而且告诉他之后必须想办法笼络他。”

“他那一本正经的性格能接受吗？”泰山表示怀疑。

“这不是接不接受的问题，眼前的现实就是这样，”狩屋这话多半也是说给自己听的，“只能接受。另外，还有一个人……”

官房长官压低了声音，“我认为应该跟真田说一下。”

真田武彦是武藤内阁的防卫大臣。

“为什么是真田？”

“真田掌控着国内外的军事情报。泰桑现在心烦意乱，很难冷静下来吧。我比泰桑要稍稍镇定一些，我感觉如果事情如此，背后一定有内幕，甚至有必要研究是否有针对总理的恐怖袭击。”

“喂，差不多行了。”泰山说，“你觉得会有那么荒唐的事吗？不管怎么说，这不是科学的力量可以办到的，我觉得请巫师做做法事更靠谱一些。你可能也知道吧，现在总有一些可怕的传言。”

泰山毛骨悚然地缩了缩肩膀。

“之前的幽灵事件吗？泰桑。”

话题朝着意外的方向发展，心如死灰地听着二人对话的翔此时表现出了兴趣。

“幽灵事件是怎么回事？狩屋叔。”

“传说首相官邸以前出现过幽灵，有人曾经在旧官邸看到过军人的幽灵，还听到过军靴的声音。后来以建筑老化为由修建了现在的新官邸，不过就算还有怪事也不奇怪，可能是个诅咒吧。”

狩屋说幽灵事件甚至一度成为历代首相之间的通达事项。

“什么诅咒？之前的首相没有遇到过这种事吗？狩屋叔。”

“这可能是第一次吧，小翔……至少我没听说过……”

“算了，还是不要说了，好恐怖啊，晚上还想睡觉呢……”

“可能睡着之后就会出现的。”狩屋说完，将话题一百八十度强转到现实中来，“问题是明天开始的内阁会议啊，泰桑。”

“那是必须出席的，总理。”这话无疑是说给翔听的。

“开什么玩笑！”

翔立刻拒绝，“我怎么可能出席那种场合！我连上课都不露面的好吧……”

“这不是开玩笑。”狩屋郑重其事地说。

“小狩说得没错，翔。”泰山出言，“总理缺席会引起不必要的猜测。所以，你去吧，所有的会议都必须出席。”

“你让我去了干什么啊！”翔一声悲鸣，“去了那种地方，你让我说什么！”

“没关系的，小翔。”狩屋说，“如果有人提问，由我和其他大臣代为答辩；如果有不好解决的事情，就带回来择日回答，这样就没有问题了。”

“是啊，这样就好了。”泰山简短地附和着。

“等一下！”翔对达成一致的两个人喊停，“你们不要随便做决定！你们是想让我做老爸的傀儡？！”

“你是我的替身。”

“开什么玩笑！”翔极力反对，“那我怎么办？我！我每天也很忙啊！明天的就职面试要怎么办？那可是关系到我的将来。老爸，你代替我去吗？”

“就职面试？”泰山并没有当真，“你去面试做什么？”

“当然是去找工作啊！”翔斩钉截铁地说。

“放弃吧。实在想工作的话，我把你随便安排进哪家公司就好了，或者继承我们的家业也好。”

“别开玩笑了！我要靠我自己的力量，谁要靠你！”

“总之，面试放到后面再说。”

翔狠狠地盯着一脸不屑的泰山。

“既然如此，老爸你也放弃吧！我绝不会出席什么阁会议会的。武藤政权到此结束！”

“翔！你个浑小子！”

他们彼此怒目而视，谁都不肯认输，最终还是泰山不耐烦地“啧”了一声，“没办法，面试我去吧，不过你得替我把事情做好，别给我搞砸了！”

“彼此彼此。”

泰山并没有理会，回过头来看着狩屋握住了他的手。

“小狩，现在我只能靠你了，拜托了！”

“泰桑！我们一定能渡过难关！”

翔挪开了视线……恶不恶心……其他都无所谓了，别用我的身体做这种事情好不好……

5

进入代表提问环节。正在慷慨陈词的是共和党党首——冬岛一光。

“请问总理！我党自十五年前建党以来，一直诉求于放宽限制，致力于国民生活的稳定和公平社会的实现，尤其是放眼医疗领域，发生了在海外得到认可并投入使用的药品，由于国内新药许可系统功能不全和官僚行政主义的弊端，导致无法向真正有需要的患者提供帮助，我想请问总理对此问题有何想法？”

又来了。泰山忍住想要打哈欠的冲动。

共和党毫无新意地再次要求放宽限制，以向既得利益者挑战为噱头，这个拼尽了全力也拿不到半数以上票数的第三政党，啰啰唆唆的万年在野党……

武藤泰山君。

听到议长指名站起身来的翔走到麦克风前面。

“关于此事，请青木厚生……呃……劳动大臣，来做说明。”

好险哪，这个家伙……

泰山被吓得睡意全无，心跳得厉害。应该是狩屋递上了纸条，翔这家伙，明明只要读出来就好，结果还是磕磕巴巴。

由议长指名，青木厚生劳动大臣站起身来，晃动着厚重的身子手舞足蹈地开始了讲话。回答得天衣无缝，轻松迂回地解决了冬岛的问题，青木不愧是名副其实的雄辩家。

虽然没有预想得那么轻松，但也基本和事先讨论的差不多。

可以交给别人的就交给别人，实在需要总理发言的场合，就提出休息争取时间，由翔念出狩屋执笔的演讲稿。

虽是为了避免意外不得不采取的补救办法，但至少不会发生重大失言或者舆论事故。

“先生，我们该走了。”

听到贝原的低声耳语，泰山“哦”了一声站起身来。

虽然由贝原安排了旁听券使得泰山能够看到国会的开头部分，不过他目前还处于半信半疑的状态。

昨天听闻整个事件的始末，贝原张大着嘴巴不停地揉搓着脸颊。

泰山的说明再加上翔和狩屋在一旁的解释，虽然贝原坚决表示“无法接受”，但还是在需要采取相应对策这一点上达成了共识。

当时商量的结果是，翔由狩屋陪同，泰山则由贝原陪同。不过在泰山的眼中，没有比翔的面试更烦人的了。

“这种关键时刻，我到底在做什么……”

泰山依依不舍地坐进出租车，在后座上冷不丁冒出来一句。

今天的泰山身穿藏青色西装和白色衬衣，系着领带，完全一副就职面试的打扮。

目的地是丸之内的东京首都银行总部。

车停到正门玄关的正中央。

“先生，请加油！”

泰山点了点头，便从玄关的旋转门大摇大摆地走了进去。

6

“请问，你应聘本银行的理由是什么？”

面试官是一个三十岁左右的年轻人。

偌大的大厅中准备了近二十个面试用的隔间，学生们坐在后面一排排的椅子上，被叫到名字的学生则走到指定的隔间去接受面试。

原本说是十一点开始，可是听到“武藤翔”的名字的时候，已经过了三十分钟。

“我想成为金融系统的一员，为日本经济贡献力量。”因为多等了些时候，泰山的语气有些不高兴。

泰山不喜欢银行，当然他更不喜欢这无聊的面试，不过对于政治家来说，口是心非的话信口拈来，所以此话一出他也没有觉得不妥。

只是，今天的对手不太投缘。

“是吗？可是想成为金融系统的一员，不一定要来我们银行吧？”

面试官完全一副没有经过历练的幼稚样子，装模作样的姿态，脸上还带着讨人厌的假笑。

泰山总觉得在哪里见过这种人，忽然想了起来。

对，就是那些财务官员。泰山还是财务大臣的时候，只要下达了指示，那些官员不是讲前例，就是论法律制度，满嘴的借口不过只是为了坚持自己的做派。那种监督政府部门的讨人厌的行事作风也浸染到了银行里面，连这种年轻小子都自负精英装腔作势，净说着自以为是的话。

不过，泰山将这些心思藏起，回答说：“我想通过银行借贷来为日本产业贡献力量。”虽是随口一说，不过政治家做了这么久，话题倒是源源不断。“尤其中小企业金融是产业金融的重中之重，所以就职于融资结余最多的东京第一银行，对我来说非常有意义。”

这话多少有些国会答辩的意味，不过对泰山而言没有任何的违和。而且，关于融资结余等话题都是他当财务大臣时积累下的经验。

“哦。”面试官并无太大兴趣地看着泰山，“那么，你的意思是想在我们银行做融资业务？”

“我想解决信贷紧缩的问题。”

泰山此话一出，面试官明显不太高兴。

“我看有些事情，你理解错了吧。信贷紧缩什么的不过是媒体、政治家的说辞，现实生活中是不存在的。”

作为众所周知的金融政策专家，这话正中了泰山的要害。

泰山重新审视着眼前的对手，刻意用冷静的语气继续。

“哦，可是石川真二郎是为了消除信贷紧缩才创立了东京首都银行，而信贷紧缩对策也是民政党经济政策的重要举措，只有银行声称不存在信贷紧缩吧。如果真的不存在信贷紧缩，为什么银行不直接说明呢？不正是因为没办法断言说信贷紧缩不存在吗？这才是大众一致的看法吧。”

石川真二郎是东京都知事。对银行没有好感的石川接受了社会上对信贷紧缩的批判，以东京都为主导成立了东京首都银行。不过由于经营不善，出现了巨额赤字。

“所以说石川蠢啊，把媒体的话当真，明明对中小企业融资的实际情况不了解就成立银行。而且呢，说到民政党的政策，那不过是骗小孩子的，信贷紧缩就凭那些厚颜无耻的政治家就能解决了？一个了解金融实际情况的人都没有。”

泰山一股怒气上涌，虽然心里想着默默听着就好，可是平日里已被银行的傲慢态度闹得相当不痛快了。

“那为什么一直谣传说银行有信贷紧缩的问题？无风不起浪吧。”

面对泰山的反驳，面试官脸色越来越难看，他把夹着面试评价表的文件夹随手扣过来，扔到了桌子上。

“我倒要问问，你了解中小企业的实际情况吗？”

“当然，我家也是经营公司的。”

一听这话，面试官大吃了一惊，不过很快调整了姿态。

“是吗？为了不影响判断，公司会对我们面试官屏蔽你们的个人信息。不过，你家的公司正面临信贷紧缩的问题，是吧？经营中小企业不容易吧？若是出现赤字，可不是你想借贷就能借给你的。”

“我们公司销售额有三千亿，对于东京首都银行来说，这也是小规模吗？”

泰山讽刺地说。

“三……三千亿？”

面试官惊得目瞪口呆。

泰山继续说道：“你刚才的话可不是出现赤字的时候靠国家公共资金投入而获救的银行人该说的话。我劝你更正失言，道歉谢罪！”

泰山的指责使得面试官一阵面红耳赤。

“你……我看你是不是搞错了，武藤？！能不能被我行录取，是由我行来决定的！胡乱说些信贷紧缩之类的梦话倒也罢了，我行的业务向来是规规矩矩的。不能放贷的自然不会放，没什么可说的。”

“也就是说不存在信贷紧缩了？”

“没错！”

“请问，你所说的信贷紧缩的定义是什么？我想请教一下。”看着恼羞成怒、唾沫横飞的面试官，泰山问道。

这是泰山手到擒来的话题。

“什么？定义？”面试官涨红了脸，“这……这里是我提问的地方，别太放肆了！”

“作为接受公共资金援助的银行的面试官，连这点事情都没办法跟客人解释清楚吗？看来东京第一银行也不过如此嘛。”

“你说什么？！”

面对已面无血色的对手，泰山毫无顾忌地继续“开火”。

“我跟你没什么好说的，把你上司叫来。”

“现在是就职面试！你……你别搞错了！”面试官气得声音颤抖。

“搞错了的人是你吧！来接受面试的学生也是客人，你刚刚说不知道我是什么人，也好，不过不知道就意味着你面对的很有可能是重要客户，即便现在没有业务往来，将来也有可能成为大客户，可是看看你这傲慢无礼的态度！把你上司叫来！”

听到泰山的斥责，面试官的脸上满是屈辱。

“你把银行当什么了！”

面试官愤然站起身，没过一会儿带着一位稍许年长的员工进来。难道银行职员都是这个样子，一个模子里刻出来的傲慢。一张名片被扔到桌上，上面的头衔是人事部次长。

“是你吗？面试的时候找碴儿的学生？”

压迫感十足。

“找碴儿？我只不过向贵行行员请教一下信贷紧缩的定义。”

“这是面试！”次长说，“不是讨论这种话题的地方。”

“东京第一银行真是不得了啊，把东京都知事喊作笨蛋，说民政党的政策是骗小孩子，可是资助你们银行的不正是民政党吗？！一般来说，应该要支持拥护民政党的吧？骗小孩子是什么意思？！当着武藤泰山的面，你们也敢这么说吗？！”

“骗小孩子就是骗小孩子。”次长逞着口舌之快强词夺理，“什么武藤泰山，要是实在想进我们银行，你这狂妄的态度最好改……”

话说到一半，被方才的面试官戳了一下，次长生气地回过头来，“什么事？！”

面试官手里拿着文件夹指给他看。

姓名栏。

上面这样写着：武藤翔。

“武藤？……”

嘟囔出声的次长猛地抬起头睁大了眼睛看着泰山。从面试隔间跑出去的年轻面试官大概刚才跑去翻看了履历表，面无血色地在次长耳边低声说了些什么。

次长脸色大变，惶恐不安起来。

一帮废物。

小人。

泰山感到实在无聊，“我回去了。”说着站起身来。

“等……等一下，武藤君。”次长的态度反转，脸上堆满假笑，“我们再聊聊吧！刚才的沟通好像出了一点问题，要不今晚到附近酒吧喝一杯吧？怎么样？”

“不巧，我很忙。”泰山毫不留情地拒绝了。

“不要这么冷漠嘛。”

“我最后只说一句，”泰山指着次长鼻尖，“不懂得反省的银行是没有未来的！给我记住了！”

在众多兴趣盎然的学生的围观中，泰山英姿飒爽地离开了。

/

站起身来提问的共和党党首冬岛一光眼神十分犀利，一颗秃头油亮发光，声音低沉有力，气场十足。

“……总理发言说为了应对经济不景气的局面准备启动积极的财政政策。可是，在税收没有达到理想增长的状况下，如何启动财政？另外，大型企业拒绝派遣等问题导致了制造业疲软，请问总理您是如何看待这些问题的？”

在冗长的演讲最后，冬岛提出了这样的问题，眼神里充满挑衅地看着翔。

“武藤泰山君”正期待着哪位大臣来代替回答，转头看到狩屋递来一张纸。

“什么啊？这是……”

“这是贝原写好的演讲词，照它念就行了，小翔。”

官房长官狩屋在耳边低语。

“哎？我？！不会吧……找其他人来回答吧……狩屋叔。”

面对不情愿的翔，狩屋赶紧劝说。

“小翔，如果答辩的所有问题都由其他大臣替答，会让人觉得很不正常。经济对策是非常重要的问题，如果总理不能斩钉截铁地回答清楚是很难立下威信的。来，给！”

稿纸被塞了过来，翔“啧”的一声咂了咂嘴巴。

“真没办法……那好吧。”

翔勉强地站起身来，“可是……只要念出来就好吧？狩屋叔，要是有人追问我该怎么办？”

“代表提问不能超过两次，就算再有提问也没什么大不了，到时候我会想办法的。不要担心后面的事情，总之，把稿子念完就赶快回来。”

“明……明白了……”

话虽如此，可这里是国会啊……

坐满了整个会场的议员都是些能说会道、精明能干的人物。

马上要接受那些摩拳擦掌准备在鸡蛋里面挑骨头的恶意的围攻，不紧张是不可能的。

僵硬地站起身来离开了座位的翔像被施了魔法，紧张到不行，笨手笨脚地如同报废了的机器人走上讲台。

打开演讲稿。

“对……对于刚……刚才的问题，由我来回答。”

我是谁?

听到自己口中发出的结结巴巴的声音，翔呆住了。冷静！冷静！翔不住在心中默念。“这个……我国由于美国金……那个……金虫（融）危机，啊……而不得不真（直）面未增（曾）有过的危机，经济状况陷入明显纸（低）迷。”

会场里开始了骚动，只是翔并不明白为什么。

“在建筑等一些行业中步（频）发大规模破产，由于订单量急速减少，制造业界辞退派遣员工的问题……那个……”

翔盯着眼前“突显”两个字。

这是神马（什么）？！

到现在都很完美，可是……完了……这两个汉字不知道怎么读……翔朝狩屋投去了求助的目光，可是就算是官房长官，在答辩中途也是没有办法的。

“嗯……那个……”

会场中喧哗声渐起，翔一鼓作气。“日渐空（突）日（显），为了回劈（避）这种发展事态，准各（备）沿聋（袭）从去年开始我党实施的积极经济刺激政策。作为具体的对策，首先引……引入针对失业者的职业培训制度，同时对经营者是否曾不当辞退派遣员工进行调杳（查），并给予一定的指导。”

听到不知何处传来的稀疏的掌声，翔擦了擦额头上的汗。

“成了！”

暗自做了一个胜利姿势，翔从台上走了下来。

会场上骚动不断。只见坐在小翔前面的民政党的城山，头发竖立起来，神情恐怖，而旁边的狩屋哭丧着脸看着翔。

“小……小翔！”

狩屋的悲鸣传来。“真是服了你啊！”充血的眼睛里满是惊慌。

“泰山！你给我好好读汉字啊！”

一转头，城山从前面位子低声斥责道。

完了。

“突显”果然不是“空日”啊。心里明知读错了，翔还是想开开玩笑蒙混过去，“读错几个汉字也没什么关系啦。”

“读错几个？”

城山低吼，“哪里是‘几个’？！泰山！你的汉字没有一个是读对的！”

“哎呀，是吗？”

翔开始装傻，“别生气别生气，那都是小事啦，啊哈哈……”

胳膊好疼！

低头一看，只见狩屋正用手发狠地抓着翔的胳膊，手指甲都快要嵌进肉里，再看狩屋的表情，生无可恋，欲哭无泪。

“怎么了，狩屋叔，你的眼睛好红啊……”

狩屋一句话也说不出，差点儿背过气去。

“哎？先生，您这么快就结束了？”

贝原为泰山打开车门，有些不可思议。

“因为面试官实在太蠢了。”

贝原奇怪地看着怒气冲冲的泰山，听到“接下来去哪儿”的问题，赶紧打开了日程表。

“中央日本建设。接下来是每日电视台，然后是东京汽车、关东生活时尚公司……”

“都什么乱七八糟的……”泰山愣住了，“一点条理都没有！到底脑子里在想些什么，这个浑小子！”

“真不知道像谁。”

“什么？！”

自掘坟墓的贝原就此打住，“对了对了，电视上正在直播国会，先生，我们看看吧”，说着转移了话题。

打开后座的小型电视，屏幕上共和党的冬岛正慷慨陈词。

“冬岛……这家伙真是话多。”

“容易自我陶醉的类型嘛。”

“倒是没把自己醉倒。哦？结束了。”

泰山过了把嘴瘾，刚好冬岛的问题结束，电视镜头切换。

“武藤泰山君”的身影出现在镜头里。

我明明应该在那里……

可能还没有适应自己的新身份，心情还是无法平静下来。可是……“磨磨蹭蹭在干什么呢，翔，你这小子，快点上台啊！”

看到正拿着狩屋递过来的演讲稿找各种借口的翔，泰山不耐烦地“啧”了一声。

“明明照着稿子念就好了嘛。”

“肯定轻松获胜。”贝原自信满满地说，“顺带说一下，那份稿子是我写的。”

遗憾的是，贝原并没有从泰山口中得到想要的表扬。

“啊，对了，我早就想跟你说了，贝原，你的稿子太生硬了。”

“什么意思？”

贝原自尊心严重受挫。

“我的意思是加入一点玩笑之类的不好吗？你写的时候不觉得肩膀疼吗？”

“在国会上开玩笑是要闹哪样？”

“国民没准会喜欢啊。”

“怎么可能……”

贝原涨红了脸，“现在要最大限度地抵挡在野党的围攻，不然支持率就危险了啊，先生。目前最重要的难道不是尽量规避不必要的失分，寻找尽早解散的时机吗？”

“这些事情不用你说我也知道……”

泰山恼火地说完，看到好不容易走上讲台的翔打开了演讲稿。

“这样看上去武藤泰山真是玉树临风啊。贝原，我一直都这么帅吗？”

“可能是吧……”

大概是觉得这个话题太过无聊，贝原随口应付了一句。

玉树临风的武藤泰山英姿飒爽地读辩词——原本就应该这样。

“……我国由于美国金……那个……金虫（融）危机……”

心情愉悦地侧耳倾听的泰山睁开了眼睛。

“哎，喂……刚才他说什么了？金虫（融）危机？自创的新词？”

“怎么可能……是金融危机，金融！”贝原说。

翔继续。

“……真（直）面未增（曾）有过的危机，经济状况陷入明显纸（低）迷。”

“未增（曾）有？你稿子上写了什么，贝原！”

“是未曾有，未曾有！”

贝原叫了起来，“不是真面是直面，不是纸迷是低迷……”

第一秘书面如死灰。

“什么？！”

泰山叫出声来，双手紧紧抓住小小的电视屏幕框。

答辩还在继续。

“……在建筑等一些行业中步（频）发大规模破产，由于订单量急速减少，制造业界辞退派遗（遣）员工的问题……”

“步发？！”

“频发……”

“派遗（遣）员工是什么？”

“是派遣员工，先生。”

泰山愕然的表情扭曲起来，五官像能拧出水的毛巾，皱成了一团。

翔的发言仍在继续。

“……日渐空（突）日（显），为了回劈（避）这种发展事态……”

“喂……贝……贝原……”

泰山快要气绝。

“是突显和回避。”

“快帮……帮帮我，贝原……我快不行了……”泰山垂死挣扎般叫着。

“我的心脏也快要崩溃了，先生。”

“准各（备）沿聋（袭）从去年开始我党实施的积极经济刺激政策。”

“沿……沿聋？！”

“是沿袭！沿袭！”

“准各又是什么？”

连贝原也是一愣。

“可能……是准备。另外不是调杏，是调查。”

“贝原，你稿子到底是怎么写的……”

“不是稿子的问题！！”

贝原欲哭无泪。

“为什么不标上假名……”

“是这个问题吗！怎么可能标假名，先生，到现在为止从来没有标记过！这种程度的汉字一般都能读出来吧！”

“里面也有比较难读的字啊，频发啊，突显啊什么的……”

“您是认真的吗？先生……”

贝原难以置信地看着泰山，“先生不是内阁总理大臣吗？

连这种程度的汉字都觉得难，以后该怎么办！明明‘奉天承运’四个字都能读得出来，为什么现在……”

“那跟行业专业用语差不多啦。”泰山满不在乎地说，“比起这件事，先去官邸！”转头向司机下达了指令。

“先……先生，就职面试该怎么办？”贝原呆呆地问。

“那种事情以后再说！打电话告诉他们，等我有空的时候过去玩！快点！司机！这是民政党的危机！政党政治的危机！”

泰山搭乘的这辆出租车按起了喇叭，在十字路口转弯之后猛地加快速度朝反方向飞驰而去。

“这下麻烦大了，先生……”

猛然加速的车子后座上，贝原的声音显得空洞而无力。

8

电视上，小中寿太郎手里拿着烟斗，跟以往一样。紧急来参加综艺节目的小中是著名的政治评论家，在政界人脉颇广。

“小中先生，关于武藤总理的答辩，您再次看过之后有什么感想？”

面对女主播的提问，小中操着讨人厌的关西腔随口回答：“就一句话，实在是难为情啊。”

“日本有一亿两千八百万国民，有这么多的人，怎么偏偏就选出一个连汉字都读不出来的笨蛋当总理大臣，这不奇怪吗？这个国家的政治到底是怎么了？”

“您觉得原因出在哪里呢？”

一本正经的女主播三十出头的样子，泰山此时觉得她实在面目可憎。“跟这种女人交往，分手的时候肯定很麻烦”，泰山脑子里不由得冒出这样的想法。

“是啊，我觉得原因很多啊。总之，政治是很烧钱的。从法律上说，只要在一定年龄范围内，不管是谁都能成为候选人，可现实是‘政二代’候补越来越多，已经变成家族产业了。嘴上说着要改变日本，要社会改革什么的大话，实际上呢，靠着继承父辈选区，没多少社会经验就成为政治家的这些‘政二代’能做什么呢？有时候看起来就像坐在世袭来的既得权力的神轿上的笨蛋公子哥。这次不正是这样的嘛。照这样发展下去，日本的政治就真正败坏了！啊……不对，是已经败坏了！”

“浑蛋，小中这个浑蛋，只知道信口开河……”

泰山一把关掉了电视开关，怒不可遏地喘着粗气。

“毕竟前面结过怨。”说话的是狩屋。

“结了什么怨？小狩。”泰山问。

“之前在银座 Sirius 碰到小中的时候，那时他带着女人来……”

“啊……说起来确实有这么回事儿。”泰山想起来了，“然后呢？有什么关系？”

“泰桑在那女人面前贬低小中了吧，他怀恨在心了呀。”

“哦……没意思的家伙。”

“那些所谓的文化人说到底就是这副德行！心胸狭隘，只有自尊心强！”大概狩屋也有过类似愤怒到忍无可忍的经验，激动地将其贬低得一文不值。

“话是这么说，可是居然被小中这个浑蛋说三道四……”

说完转头盯着翔怒吼，“你这个笨蛋！！”

“你去参加汉字能力考试！”

“你考过？”翔顶嘴。

“正常人谁需要考那个！你这国语简直就是小学生水平！还大学生呢！”

“如今的小学生读汉字都比这要好。”一直在赌气闹情绪的贝原说。

虽是翔的误读，但他还是因为自己写的稿子引发了事故而心中不满。贝原是个心思细腻的男人。

“对不起，还不行吗？”翔极力争辩，“什么嘛！不过就是读错了几个汉字，至于闹成这样吗？！”

“你错太多了！现在情况有多糟糕，你知不知道！”泰山训斥道，“就因为你，我要被所有人嘲笑！”

“关我什么事！是你让我去国会的！再说是那稿子太生涩，净用些难读的汉字，你觉得能打动国民的心吗？！”

终于说出一句像样的话。

“哪……哪里难了啊？！小翔！”

狩屋看到贝原认真了起来，“喂，现在不是内讧的时候。”冷静地截住了话题。

“想办法解决问题才最重要吧。”

确实如此。

贝原把将要喷出口的话吞下，愤然地“哼”了一声。

“问题是，支持率。”泰山说，“肯定会下降的。与宪民党藏本可能有一场恶战了。”

由于众议院会议全程直播，现在武藤泰山的误读问题已经成了媒体的热门话题。

“总之，比暴露桃色新闻要好办一些。”狩屋的安慰貌似偏了题。

“有办法吗？小狩。”

“那就宣称生病了吧！”

“太胡闹了！”贝原忍不住了，“世上有这种病吗？而且，总理大臣如果身体不好更说不过去吧？”

“就说是一种一时读不出名字的精神疾病，是暂时性的，不会对履行职务产生影响。”

“这太离谱了吧……”看着一本正经的狩屋，贝原无奈地说。

“离谱又怎么了！”泰山横下一条心，“现在我是翔，翔是我，还有比这更离谱的事情吗？”

“关于这件事，先生。”贝原用怀疑的眼神看着泰山，“找到解决的办法了吗？我想来想去还是觉得最应该优先解决这件事。”

“你说得没错！贝原。”

狩屋说完低头看了看手腕上的表，接着看向房门，像计算好的一样，敲门声响起，一张宽脸突然冒了出来。

“打扰了，总理。”

进来的是防卫大臣真田武彦。四十岁便成为大臣，身体强健，头脑灵活，是有望成为肩负民政党未来的可塑之才。

“来来来，快坐快坐，真田。”

听到狩屋的招呼，大个子真田径直进来坐到椅子上。

“刚刚你向我汇报的事情，想请你直接跟总理谈一谈。”狩屋开门见山地说。

“可以吗？”真田有些担心地看了一眼泰山。

“嗯，不用担心，这是总理的儿子，他也是这件事的相关者。”

“相关者？”

真田脸上浮现出错愕的表情。不过听到狩屋一句“请相信我”之后，点了点头。

“今天得到美国政府的绝密消息称，由 CIA 研究开发的最新技术被盗。”

“CIA 的最新技术？”泰山问道。不过从外表看起来，提出问题的是翔，“本该由最高等级安全保护的研究所的情报，是怎么被盗出来的？”

再怎么说是泰山的儿子，这高高在上的语气还是让真田感到恼火，不过他很快恢复冷静继续说道："据说，这项研究的管理层的局长级人物是可以接触到这些数据的。不过罪犯还没有确定，汇报称目前正处于全力查明真相的阶段。"

"什么技术？"

"据称是由 Remote-Viewing 技术发展出的研究成果。"

"什么？"

泰山反问。

"Remote-Viewing，翻译为远程透视，可以简单理解成是脑电波研究的一种。"

"还是不懂……"完全听不懂的泰山接着问，"首先，CIA 为什么要研究脑电波？"

"话题有些跳跃，请原谅。"真田继续，"CIA 对如何向潜入他国的间谍进行指令传达和情报授受的研究已经持续了很长时间，由能否直接向人的脑电波发送指令的想法发展成了研究项目。脑电波也是一种电波信号，通过读取信号可以掌握人的想法，并且通过直接向脑电波发送信号可以达到情报传递的目的，CIA 打算将这项技术运用到间谍活动中。"

"哦？这种电影里面的事情真的存在？"泰山吃惊地问。

"说起来，我也听说过这件事……"狩屋说，"据说 1950 年就开始研究，为此投入了巨额的开发资金……以前觉得不过是谣传罢了，没想到是真的在做啊……"

"如果能直接向脑电波发送指令，又可以通过脑电波接收情报，那么间谍活动的安全性将得到质的飞跃。”真田继续认真解释，“比如说，以前接触到绝密情报，需要拍照片或者把情报带出来，可如果利用这项技术，就可以通过接收读出或者识别时产生的脑电波来获取情报，向间谍发出的指示也可以通过脑电波直接操作，就不用担心泄露给敌人了。这无疑是一项划时代的技术。”

“这项技术研究达到什么程度了？”泰山半信半疑地问。

“听说基本达到了实用阶段。”真田压低了声音。

“真的？”泰山目瞪口呆。

“可是……”真田跟往常一样，目光如炬地扫视了一下全场，“这项技术却被不知名的人偷走了。”

“到底背后藏着什么人？”泰山问。

“目前还不知道。”

“呀，这项技术如果落到恐怖分子手里，岂不是要天下大乱了！”泰山说。

“可能已经落到他们手里了。”狩屋这出乎意料的话令大家大吃一惊。

“已经？”

泰山愣愣地看着狩屋。

“是的。已经落到恐怖分子手里了，泰桑，而且他们正在利用这项技术操控脑电波。”狩屋盯着泰山，“所以，才会变成现在这个样子。”

“不好意思，官房长官。”真田插话，“您到底在说什么？”

“真田，现在有一件事我要郑重告诉你。”狩屋严肃地看着防卫大臣，“我明确地说，现在国家发生了极其严重的危机。”

真田没有应声，而是用通透而坚定的眼神看着狩屋。

“我直截了当地说，这里的小翔——”狩屋转向泰山，“表面看起来是儿子小翔，但其实是总理。而那边——”这次转向翔，“看起来是总理，但其实是小翔。怎么样，真田，能明白吗？”

听罢，真田倒吸一口冷气，像被隐形气球压到了脸上，五官变了形，上身向后仰去，连头发都竖了起来。

“您不是在逗我玩吧……”

“我是这种人吗？”

“失礼了。可是，怎么可能！”

真田表达吃惊的方式很克制，不过内心的激荡还是一览无余。

“遗憾的是，事实正是那个不可能。”听到泰山的话，真田的眼睛越瞪越大。

“我之前就在想这里面肯定有科学依据的，刚才听你汇报，我想没准就是这件事，所以把你叫了过来。”狩屋“咕嘟”一声咽了口口水，“如果可以操控人的脑电波，那么把泰桑的脑电波换给小翔，把小翔的脑电波换给泰桑不就可以实现了吗？真田，你怎么想？”

真田的表情瞬间变得无比严肃，危机感骤然而起。

“这在科学上是完全可以实现的。利用电脑操控脑电波在医疗领域也已接近实践阶段，技术成熟的话，打个比方，就可以让全身麻痹的患者用脑电波在电脑上输入文字。现在脑电波的研究已经发展到这种程度，更不用说 CIA 的绝密技术了。您刚才所说的脑电波交换是完全有可能的。”

“果然是这样啊……”

狩屋愁眉苦脸地抱住了胳膊。

“等……等一下……狩屋叔。”翔慌张地问，“你的意思是，你是说我现在成了恐怖分子的目标？不可能吧……”

“就是这样的，小翔。”狩屋斩钉截铁地说，“还有，泰桑，你也是。”

“究竟是什么时候……目的是什么？”泰山喉咙里挤出了一声轻微的呻吟。

在座的没有人能回答这个问题。

“有点奇怪啊！”此时，真田小声打破了这片寂静。

“哪里奇怪了，真田？”泰山问道。

“据说要发送脑电波，就需要在体内植入专门的芯片。向您二位身体内植入芯片并不是一件容易的事情，因为不管怎样都至少需要做一个简单的手术。如果是这样的话，谁都能够察觉吧？”

“原来如此……”

沉默中，泰山拼命在脑中搜寻线索。翔也是。

“芯片大概多大？”翔问。

“听说只有几毫米。”

“几毫米……”泰山小声重复一遍。虽然很小，但也不可能轻易植入体内，应该不是睡觉时偷偷放进去的……

“泰桑，最近有做过手术吗？”

“没有啊，这你也清楚的吧，小狩。”

“嗯……倒也是……那小翔呢？”

翔也摇了摇头。

“到底还是搞错了吧？”翔刚说完，只听泰山“啊”地大叫了一声。

“怎……怎么了？泰桑！”

看着瞪圆了眼睛的狩屋，泰山说：“是牙医！小狩！我之前不是说过牙疼吗？牙医拔掉了我的智齿！”

“对啊！”翔站起身来，“我也去看了牙医，老爸！大概是两周前的事情。”

“是哪里的诊所？”狩屋问。

“涩谷的丸山牙科，那是我家的定点诊所。”泰山说完，翔也点了点头。

“我先失陪一下。”

真田站起身来离开了房间，没过多久又回来了。

“刚刚去了一趟公安部[1]，很快会有回音的。”

1　公安部：日本的“公安”与中国的公安不同，独立于警察系统，是日本政府组建的情报机构。

仅仅过了十分钟，真田的手机响了。

“紧急查访发现，丸山牙科只剩下一具空壳，院长丸山的家里也没有人。”

“什么？”泰山和翔面面相觑，“怎么回事！”

“不知道。不过，请多加小心，总理。”

真田紧张地戒备起来，“敌人很可能已经深入到您的身边。没准，就在这个房间里。”说着警惕地看向贝原。

“哎？！我？开什么玩笑……”贝原慌忙摆手，“先生，您倒是说句公道话啊。”

只见泰山不慌不忙地伸出手在贝原脸上捏了一把。

“疼！您在做什么，先生！”

“听说间谍的伪装技术非常厉害，不过啊，好像不是你。”

“太过分了吧，先生……”

“这也是为了国家。”

泰山正说着，真田的手机铃声再次响起。

“总理，请随我到市谷去一趟，还有你。”真田回头看了看翔，接着说，“请到防卫省内的研究所确认一下身体里是否植入了刚才所说的芯片，将其取出的话，也许就能解除现在的危机了。”

听闻此话，翔大大地松了口气。

“太好了，终于要解放了！”

“真是的！早点听到你这些话就好了，真田……这样就不会发生误读事件了……真是失败！”

泰山追悔莫及，不过为时已晚。

9

“不好意思。”

技术官员伸出手用腰带将躺在检查台上的泰山固定好，便走了出去。

“请躺好，不要动——”

喇叭里传来声音，泰山安静地躺着，身下的检查台开始向头部的方向移动。

泰山开始听到“咔咔”的声音，细小却刺耳，直到身体进入到半圆形的拱台里仍在持续。

“好，辛苦了——”

从核磁共振仪上下来之后，换翔走了进去。

“啊……真麻烦，这么拐弯抹角做什么，直接像那个牙医一样把那个什么装置从我牙上拿下来不就行了……啊疼！”

准备躺下的时候翔被拱台撞到了头。

“不要对我的身体那么粗暴！”泰山抱怨说。

“是是！对不起！真想早点从这具破烂身体里出来！真是的！”翔不耐烦地还嘴。

“你啊，到了四十岁也会变成这个样子，浑小子。”

这时技术官员朝泰山走了过来。

“总理，请您到这里来。”

这次泰山被带到另一个房间，头上接满了电线。

“现在给您检查脑电波。”

“嗯。”泰山应了一声，眼睛看向面前屏幕上出现的波形。

“哎？泰桑，你这波形有点乱嘛。”陪在一旁的狩屋担心地说。

“嗯，刚才稍微想了下要怎么给我家婆娘支付一亿日元。”

“虽然表面上一副豪爽的样子，但本质上还是个小气鬼，对吧，泰桑。”狩屋说。

“我看有必要的话，也给你检查一下脑电波吧，小狩。”泰山调戏道，“让你回忆回忆菜菜美的事情，当初跟她分手可真费了不少心吧。我之前碰到她，她对你还恨得牙痒呢，说要去杂志社曝光你的裸照呢。”

“这种关键时刻就不要开玩笑了吧，泰桑？这件事不是已经过去了嘛。”狩屋讪笑着求饶。

“好啊，你的事情过去了，我这一亿才刚开始呢。”

刚说完，随着一句“辛苦了”，检查结束了。

泰山、翔、狩屋和贝原四人来到防卫省地下会议室，真田正表情严肃地等在那里。

“请看，总理。这是通过核磁共振采集到的影像。”

中央的桌子上摆着一台电脑，在那块大型显示屏的前面坐着一位身着白衣的研究员，胸前挂着的名牌上写着“堂岛”两个字。

得到真田的示意，堂岛开口，“这里是问题部位。”

堂岛是个看起来有些神经质的男人，左手中指抵着银边眼镜的鼻架，右手操作着鼠标，将屏幕一分为二，并排显示出两张影像。

“这张照片是武藤总理和翔二人头部的圆形横切面，出问题的部位在这里。”

泰山紧紧盯着圆珠笔指向的右侧影像。“这里被植入了一块直径约三毫米的芯片。左上颌第三大臼齿的位置，也就是总理拔掉的那颗智齿的牙床。这个物体是被嵌入牙齿拔掉后的牙洞中，再缝合起来进行固定的。”

“妈的，果然是这样……”泰山嘟囔道。

“这边是翔的影像。翔是在右下颌智齿拔掉之后的这里。”

“翔，怎么，你也把智齿拔掉了？”泰山问。

“我说不要拔，那个浑蛋牙医说智齿还是拔掉好……”

翔懊悔地“哼”了一声。

“与预想的一样，现在是最坏的情况，总理。”真田说，“在尽快找出解决方案的同时，为及早揭发恐怖组织，我防卫省——”

“演讲就算了，真田。”泰山毫不客气地打断，“既然知道了原因，那赶紧把芯片取出来，这样脑电波就能恢复到原来的样子，至于这件事的对策，晚点也来得及。”

“明白了，不过不行。”真田回答。

“是吗，不行啊……什么？！不行？！”

正点着头的泰山上前一把抓住真田的领子，“为什么不行？！你好好解释清楚！！”

“原因由我来解释吧。”堂岛眉头紧蹙，“非常遗憾，这张芯片不能简单地取出来。因为从它的构造推测，它很有可能会由于某种压力或者信号而自动爆炸。”

只听翔绝望地惨叫一声。“爆炸？！如果自爆了，我会变成怎样？！”

“非常遗憾……”

“怎……怎么办啊，老爸！不要啊，我不想死！这种时候你怎么冷静得下来啊！你得想想办法啊，老爸！老爸！”

翔用力地摇晃着泰山的肩膀，可是没有回音。

泰山倒不是冷静。

他只是受到的打击太大，茫然自失而说不出话来。

“冷……冷静啊，小翔！”狩屋在一旁安慰。

“怎么可能冷静！现在有炸弹埋在牙齿里面啊！早知道虫牙也比这要好一百倍！”

“要叫防爆队来吗？”贝原说。

“是这个问题吗！”狩屋瞄了一眼贝原，随后露出前所未有的严肃表情转向堂岛，“首先，请把最基本的事情告诉我们。如果，这真的是爆炸物，爆炸时的威力有多大？”

“根据爆炸物的种类，威力会有所不同，不过一颗人头总能轻松地炸飞的。”

“人头、炸飞……”泰山虚弱地重复着，“如果想要我武藤泰山的命，堂堂正正地挑战不好吗？”

“从来没听说过有堂堂正正发出挑战的恐怖组织，先生。”

贝原说得没错。

“这……这跟翔无关吧……”

“就是啊，为什么要把我卷进来！我不想死！”

“问题就在这里，总理，这件事还有些疑点。”真田插话进来，“如果想要总理的性命，会特意笼络牙医专门把这种芯片植入您的口中吗？直接在就诊台就能完成刺杀了，可他们没有这么做，是为什么呢？”

泰山一脸茫然地接住抛过来的问题，想要思考却因为刚才的打击，脑子完全转不动了。

“为什么？”泰山问。

“不知道。”真田的回答让泰山顿时泄了气，“不过，可以推测几个可能性。”听闻此话，泰山再次抬起头来。

“比如，可能是想通过解读总理的脑电波来盗取国家机密。”

"原来如此……"泰山毫不犹豫地接着问，"怎么才能做到呢？"

"在刚才的检查中，确认了芯片中有微弱的电波。"

"电波？"

"一方面是总理脑中发出的电波，可以说是每当总理进行思考的时候，就会发生微弱的电波反应。另外，芯片也同时发出了微弱的电波。敌人一定是想通过从 CIA 盗取的技术情报制造出的特殊接收器来读取电波。"

"知道发出了什么内容吗？"狩屋问。

"这是军事上最先进的技术，我们无法探知啊！"

"开……开什么玩笑……"泰山脸色惨白，"然后呢？！你的意思是现在我们所说的一切都会泄露给那些罪犯？"

"浑蛋！！"翔喊起来，"给我听好了，你们这群罪犯！不要觉得做了这种事情我们会善罢甘休！到时候把你们全部抓起来判死刑！"

面对激动地喘着粗气的翔，"可能不要过度刺激比较好。"堂岛冷冰冰的声音响起，"刚刚没有说，也许芯片内的炸弹会被远程操控引爆。"

"真……真的吗？！这……这么重要的事你倒是早点说啊！"翔慌了神，声色俱变，"那……那个……您能听到吗？我对国家机密一无所知，请放过我吧！真的，拜托了！交换我和老爸的脑电波能有什么好处呢？我觉得这样做一点意义都没有。再说你们……"

"那个……"真田轻咳了一声，"这个房间的结构特殊，能阻断所有电波，所以这些话他们是听不到的。"

"啊？！你早说啊……"翔说，"我还像个傻瓜一样……"

"哪里是像，根本就是。"贝原嘀咕了一声，还对演讲稿遭批评的事情耿耿于怀。

"你说什么？！"

"哎哟，听到了呀。"贝原装糊涂。

翔正要反击，"住口，你们两个！"泰山严厉斥责道，"现在是争吵的时候吗？闭嘴！小狩，你有什么想法？"

"恐怖分子的目的不明。也可能是为了钱，泰桑。"狩屋说完，又加了一句，"作为脑电波的赎金。"

"脑电波的……赎金……"泰山喃喃自语。

"不能与恐怖分子做交易！"真田坚决地大声反对，却听到泰山轻轻飘来一句，"需要多少钱呢？"

真田惊掉了下巴。

"总理！您可是一国的首相！至少要说些'士可杀不可辱'之类的话吧！"

"泰桑不是这样的性格，你又不是不知道。"狩屋平静地对真田说。

"不知道要多少啊，肯定不会是十万二十万。可能要上百亿，不，估计要上千亿的吧。"

"看来要增加预算了。"泰山抱起胳膊说。

"老爸的脑电波怎么可能值那么多钱，"翔在一旁吐槽，

“一百二百就够了吧。”

“喂，浑小子！你的脑电波也就十块二十块！”

“二位不要再吵了。”真田严肃地打断了争吵，“总理，我作为一国的防卫大臣，请求您在这种时刻一定要洁身自好，拒绝与恐怖分子做交易。”

“开什么玩笑！”翔大声反对，“拒绝了不就是死路一条了！就算死不了，靠这副身体要怎么活下去啊……你是站着说话不腰疼吧！”

“好了好了，现在罪犯还什么都没说呢……”

狩屋正打圆场的时候，桌上的电话响了。

“刑警来了。”堂岛按住话筒向真田报告。

“叫他到这里来。”

进来的男人身穿黑色西装，里面的红色衬衣领子敞开着，精瘦的体形，嘴里叼着一根没有点燃的香烟，脚上一双亮漆黑靴。

“啊？你是刑警？”狩屋毫不客气地打量着，“这不是混混吗？”说着看向了真田。

大概真田也觉得不太合适，拿起了桌上的电话。

接电话的应该是秘书。

“请转接警视总监。”稍等了片刻，“喂？是小义吗？”

真田语气转变太快，惊呆了在座的所有人。

“是刚才拜托你的刑警的事情啦。嗯，来了呀，就在我面前。不过是不是搞错啦？这人实在跟我们想象的不太一样啊。嗯嗯。哦？是吗？那好吧，明白了。谢谢啦。嗯，下次去你那儿玩。”

“这个小义是谁啊？”翔问。

“警视总监小峰义朗。”狩屋回答，“大臣和小峰是亲戚，是年龄差距比较大的堂兄弟。”

真田爽快地放下电话。

“据说他是警视厅头号刑警。”

大家目瞪口呆地转过头来。

“我叫新田。”男人低沉着声音自我介绍。

“请报告所属。”真田威严十足。

“警视厅公安第一课，警视。”

年纪三十岁左右。

“难不成你是高级公务员考试甲等直聘？”贝原问。

“怎么看出来的？”翔问身边的狩屋。

“在警视厅，再怎么顺利，由警察升职到警视也要到四十五岁左右，”狩屋在耳边低声解释，“可如果是甲等直聘，第七年就能晋升警视。这么年轻就成为警视，非甲等直聘是做不到的。”

“是吗？警察的世界真是不得了……”

“我一向不跟以头衔取人的人共事。”

新田的语气稍许强硬，说完瞥了贝原一眼，并没有回答问题。

“你以什么取人我不管，”真田说，“不过我接下来要说明的事情可能不符合你的判断标准。我就不绕圈子了，现在把情况简单说明一下。这是武藤总理和儿子翔，两人的脑电波不知被什么人互换了，请你找出那个罪犯。”

真田继续解释详情，新田在这期间没有丝毫动容，确实是个有胆识的男人。新田一言不发地听完真田的说明，沉默片刻之后，从容地拿出手机打给部下。

“火速把涩谷区丸山牙科的详细情况汇报给我。”

指令只此一句，将从泰山处得知的地址转告给对方后便挂断了电话。不到五分钟，手机铃响，新田结束通话之后，转过身来面对众人。

“涩谷丸山牙科的院长丸山浩一，今年五十一岁。东京牙科大学毕业后进入其父经营的丸山牙科，二十年前父亲去世之后就任院长。家人只有年长其两岁的妻子，无子。兴趣是打高尔夫和逛夜总会。高尔夫最高得分一百零八分。在夜总会里是典型的砸钱又不受欢迎。无宗教背景。”

警视厅的情报搜集能力真是令人生畏，而且新田没有做任何记录就能侃侃而谈，记忆力绝非常人能及。这些人没准对我有多少根汗毛都了如指掌吧……泰山不寒而栗。

“原因是什么？丸山为什么要做这种事？”泰山发出疑问。

他原以为一定是信奉左翼、右翼之类那些什么主义流派的人搞的鬼。

“欠债。丸山去年投资不动产失败，欠下了巨额贷款。据说为了支付利息暗中找了高利贷，情况十分糟糕。”

“是不是高利贷在背后利用丸山？”贝原问。

“那倒不是，”新田眼神犀利，“因为借款已经全部还清。”

“钱从哪里来？”狩屋问。

真田耸了耸肩膀，“问题就在这里。如果能够突破这一点，整个事件也许就能迎刃而解，犯罪组织很可能花重金收买了丸山。”

此时，电话铃声再次响起，贝原拿起电话。

“是官房长官的电话。城山先生找。”

“小狩，现在在哪里？不得了了！”

听筒里传来城山大呼小叫的声音，“那边有电视吗？赶紧看 NHK 新闻，轮到官房长官出马的时候了！”

什么意思……

“等……等一下……”

惊慌的狩屋还想再问，性急的城山已经挂断了电话。

“贝原，赶紧打开电视！ NHK！”

主持人熟悉的身影出现在屏幕上。

看着电视的泰山立刻拉下脸来，只因在主持人身旁发现了那张讨厌的脸——政治评论家小中寿太郎。

“接下来，请再看一遍鹤田经济产业大臣在见面会上的表现。”

镜头切换到正在某酒店举行的记者见面会现场。

“是与加纳的经济阁僚会议之后的记者见面会。”狩屋说。加纳是美利坚合众国的财务部长。

“哎，鹤田先生的样子看起来有些奇怪啊。”最先发声的是贝原。

鹤田洋辅是泰山的盟友，能在武藤内阁中担任经济产业大臣，便是长久以来信赖关系的证明。

“不会吧……”

泰山出声的同时，鹤田开始了讲话。

“那个……今天……跟加德纳（Gardener）先生……刚刚会面……”

鹤田的眼睛一动不动。

“加德纳？”狩屋双手抱头，“那岂不是成了园艺师……”

鹤田还在继续。

“日本和美国，怎么说呢，感觉今后会继续友好合作……”

“感……感觉？鹤桑！”

狩屋正在哀号，只听泰山喊了一声“酒”。

真田、贝原和狩屋张大了嘴巴看着泰山。

“鹤桑肯定喝酒了！”

“彻底喝醉了，”贝原发表感想，“不喝酒的时候明明是个好人。”

“怎么搞的！”泰山双手捂住了脸，“鹤桑，拜托了！一定不能搞砸啊！”

“那个……关于日美新的经济合作的……呃……框架？之类的东西……”

“之类的东西？！彻底完蛋了！”

真田仰天长啸，旁边的贝原实在忍受不了，双手捂住了耳朵。

画面切换，屏幕上再次出现了主持人那张一本正经的脸。

“刚刚播放的是见面会的情况，现在连接到举行见面会的酒店现场。”

画面再次切换，在众多记者的包围中，面前摆着数十支话筒和录音笔的鹤田的身影分外醒目。

泰山有种不祥的预感。

“不得了了，这家伙……”

泰山脱口而出。

里三层外三层的记者正激动地不断抛出各种问题。在推推搡搡中，由警卫保护着向前的鹤田的脸色由涨红转为发白。

“听说您在会前喝了很多酒，是这样吗？”不知是谁在提问。

“那是因为……感……感冒，没……没有喝酒……”鹤田小声呻吟。

“喂！现在谁在会场？”泰山盯着画面问道。

“田部井应该在。”

泰山听罢咂了咂嘴。官房副长官田部井道孝不仅年纪轻、经验少，而且不够机灵。因为派系之间彼此制衡的要求，才给了他这个位子。

“快给田部井打电话，不要让鹤田再说话了，小狩！现在就去！赶快！把记者统统赶走！”

可是，事与愿违，提问还在继续。

“可是您刚刚喝了红酒，我看到了。”

面对记者的步步紧逼，鹤田已经无力招架。

“我确实喝了红酒，”鹤田说，“可是……那个……我没有喝下去，只是漱了漱口。”

泰山一个踉跄。

“什么意思……用红酒漱口吗？”

狩屋双目圆瞪，甚至忘记了眨眼，贝原张大了嘴巴，眼泪快要掉下来，而真田则是一副军人赴死的紧张表情。

“这老头儿真有意思！”只有翔一个人觉得有趣。

就在这时，“等会儿……”泰山站起身来，紧紧盯着电视画面。

“泰桑，已经晚了，现在做什么都来不及了……”狩屋绝望地说。

“不是的，小狩！”泰山发出嘶哑的声音，“你没注意到吗？！”

“注意到什么？”

不仅是狩屋，房间里所有人都看向了电视画面。

“小狩，你去查一下鹤桑的家人正在哪里？在做什么？赶快！”

狩屋愣住了，不仅是狩屋，翔和贝原、真田全都茫然地看着泰山。

“老爸，你是什么意思？”

“你们难道还不明白吗？！”泰山再次指向电视画面，“这个人不是鹤桑！”

“啊？！”翔惊得张大了嘴巴，一时忘了闭上。

“和我们一样！”泰山说，“这是替身！不然他不会说出那些乱七八糟的话！鹤桑也跟什么人交换了身体。小狩，赶快！这是关系国家存亡的危机！”

第三章　绝密搜查

1

昏暗的店内充满了烟雾和喧嚣。

涩谷道玄坂附近的一座高楼地下。

店里只有一个吧台、五张桌子，却挤着百余位客人，放眼望去基本都是学生，DJ 正拼命甩动着长发。

“干什么呢，浑蛋！给我小心点！”

想从入口挤到里面的泰山不小心碰到了一个男生。一看就是游手好闲的浪荡公子，右手正环在身穿紧身连衣裙的女生腰上。

“浑蛋！你倒是说句话！”

“真是这里吗？”泰山无视那个男生，转过头来对身后的新田说。

新田沉默地环视了一圈。

“喂！你是故意的吗！浑蛋！”

男生伸出手想要抓住泰山的胳膊。

“疼疼疼！”

只见男生的手腕瞬间被提起，转眼整个身子摔倒在地上，附近的酒杯全部打碎。男生喊着“你个浑蛋！”想要站起身来，结果被新田的漆皮亮靴一脚踩在了脸上。

男生躺在地板上呻吟。

“你们是京成大学的学生吧？”

泰山向那个吓坏了的女生问道。

“鹤田航，在吗？”

点头。

“在哪儿？”

女生的视线朝店的深处扫了一眼。

京成大学的“FOUR SEASONS”是有名的享乐俱乐部。鹤田洋辅经济产业大臣的独生子鹤田航是这个团体的核心成员之一，春秋网球、高尔夫，夏天潜水，冬天滑雪，一个只会四处玩乐的笨蛋学生。

从市谷到涩谷的路上，新田已经使用公安部的情报信息网将鹤田的儿子及其交友关系调查了个清楚。

“我们在找他，小姐。去把他叫来。”

新田低沉着嗓音刚一说完，女生便逃也似的消失在人群深处。

很快，会场里面走来了五六个男生。

“怎么回事，井村？”

一个貌似是头领的男生向刚从地上捂着鼻子爬起来的男生发问。男生喉咙里含混不清，用手指了指新田。

男生体格健壮，茶色长发垂到肩膀，披着一件容易让人误以为是男公关的燕尾服。无褶瘦身西裤配及踝马靴，某些人看起来别出心裁的时尚，在泰山眼中不过是只能靠父母的傻瓜模样罢了。

他的背后还有几个同样体格的男生，正气势汹汹地盯着泰山他们。

“桂川，就是这些人要找航的。”刚才的女生在背后叫起来。

叫桂川的男生意味深长地看着泰山和旁边的新田——求职西装与黑社会打扮的奇妙二人组。注意到这边的动静，学生们全部安静了下来，不再说话。店里的音乐戛然而止。

“你找航做什么？”桂川问。

“跟你没关系，让鹤田航出来说话！”泰山说。

“那是不可能的，我们正在举行高大上的团体活动呢。喂，你在听吗？等一下！”说着把手搭在完全无视自己向前闯去的新田肩上。

新田朝静下来的学生们扫了一眼，瞬间确定了里面没有鹤田的儿子，朝泰山摇了摇头。

“你太不把人放在眼里了吧！”

桂川动作相当敏捷，手腕出其不意地一动，拳头便朝新田的脸上飞去。

“新田！”

泰山惊叫一声，却见桂川一晃，以为是拳头打空，原来是新田飞出了一记扫堂腿。

用鞋跟将桂川压在地上后，新田顺手又把两个扑上来的学生打趴下了。

动作行云流水，一气呵成。

新田眼神犀利地盯着那些正犹豫着要不要上来帮忙的学生。

“我找鹤田航，他在哪儿？”

无人回答。

一个男生扑了过来，新田对着他的肚子就是一记狠拳，接着转身一脚把他踢飞。

新田问旁边的男生：“在哪儿？！回答！”

“那……那个……刚刚……外面……”学生战战兢兢地说。

“把手机拿出来。”

“啊？！”

“我让你把手机拿出来！”新田大吼一声。

学生哆哆嗦嗦从口袋里掏出了手机。

“给鹤田航打电话，快打！”

颤抖着按下手机按键，陷入一片死寂的店里开始回响起手机呼叫的声音。所有人一动不动。

“啊，在吗？”

学生说着用询问的目光看向新田。

“问他现在在哪里，说马上去接他。”

“你现在在哪儿？”学生问道，然后看着新田回答，“中……中心街……”

“中心街的哪里？”

“中心街的哪里？……星巴克，前面？”

“让他不要动。”新田转身往回走，“如果到了发现他不在，你给我等着！竹本三郎。”

学生大惊失色。令人震惊的是，新田居然已经记住了俱乐部所有人的容貌和名字……恐怖的刑警啊！

“走了，先生。”

说着，新田大步流星走了出去。

2

从道玄坂一路向下，穿过 109 大楼前面十字路口熙熙攘攘的人群，二人朝中心街方向赶去。

“人可真多……”泰山说。

“每天都是这样。”新田健步如飞，“当了政治家就没办法到这种地方闲逛了吧，真可怜。”

“那倒不至于，”泰山逞强，“政治家有政治家的乐趣。”

“那就好。没有乐趣人就完了。”

“你的乐趣是什么？新田。”泰山忽然发问。

新田脚下皮靴依旧踩得“咚咚”直响。

“大提琴。”

泰山不由得“扑哧”笑出声来，被新田斜眼一瞥，慌忙止住。

“那你的乐趣又是什么？”

“喂，你这是对首相该用的语气……”

“银座 Bronze Club 的亚由美吗？真是不错的兴趣。”

泰山一惊，看着新田反击道："你们警察连这种无聊的事情都要查吗？很闲嘛！"

"做无聊事情的人是你吧，先生。万一亚由美是间谍怎么办？"

新田不苟言笑地说着，开始放慢了脚步。

已经可以看到地铁出口对面的星巴克的招牌了。

十字路口的信号灯变成绿色，人群涌动起来。二人拨开这一道涌向灯红酒绿的年轻人流，奋力向前。

"他在——"新田简短地说，"B 的下面。"

星巴克招牌中"B"字母的下面，一个失魂落魄的年轻男子孤零零站在那里，正是经济产业大臣鹤田洋辅的儿子——鹤田航。

新田止住了脚步。

"之后的事情就拜托先生了。你们是盟友，对吧，朋友就应该在困难的时候彼此扶持。"

"没错。"

泰山不紧不慢地朝航走去，而航正用困惑的眼神看着自己。

要怎么开口……泰山暗自思忖。

想到站在那里的并不是素不相识的年轻人，而是盟友鹤田的一瞬间，一声"鹤桑"脱口而出。

航目瞪口呆。

"果然是鹤桑啊……"泰山说，"是我，泰山，我是武藤泰山！”

“泰……泰……泰桑？！”

不相信也是情理之中。

“真的是泰桑吗？”

“啊！是我！我跟我儿子换了身体，你也是吧？鹤桑。”

鹤田激动得嘴唇颤抖起来，大喊了一声“泰桑”，跑过来紧紧地抱住泰山。

这个较真又有些软弱的政治家，伏在泰山肩上哇哇大哭，引得路人纷纷侧目。

顾不了那么多了，这对难兄难弟相拥而泣。

“要被当成同性恋了……”新田拿起手机。

只见一辆黑车慢慢靠近，停到路边亮起双闪灯。

“走吧，鹤桑，晚点我们详谈。——怎么了？”

泰山忽然注意到新田正警觉地盯着人群某处，顺着眼神看过去，前面三十米左右的人潮中站着一个男人。

西装革履的样子与周围有些格格不入，像是被新田和泰山气场强大的眼神吓了一跳，转身钻进了楼宇之间。

“那个人，”新田嘀咕着，“刚才从店里出来的时候，在门外的。”

“是吗？”

泰山被新田的观察力折服。

“是什么人？”

“不知道，不过应该是个有正经职业的人。”

“正经职业？”

“感觉像是永田町附近出没的人。不过这只是刑警的直觉，没有真凭实据。”

如此说来，确实感觉在哪里见过。

“在哪里见过呢？”

想了一会儿，还是没有结果。

“先回去吧，先生，其他随后再说。”

载着三人的汽车离开了涩谷拥挤的人群，再次朝市谷飞驰而去。

3

“是航吗？”

“爸爸？”

看到鹤田和儿子航相会的场景，狩屋湿了眼眶，他本就是个爱流泪的人。

“现在是陪哭的时候吗？小狩。”泰山眉头紧锁，“继我之后，连鹤桑也……恐怖分子到底什么目的？不尽快找到的话，恐怕政权要被恶徒们抢走了。”

防卫省的房间里。

“鹤田大臣，您最近去看牙医了吗？”真田问。

鹤田大吃一惊：“你怎么知道？！”

“果然，鹤桑也去了……”泰山说。

“之前总是牙疼……出什么问题了吗？”

“航也去了吗？”

跟鹤田交换了身体的航点了点头。

“什么时候？”提问的是新田。

“我是上周三去的。”航说。

“我是同一天！”鹤田紧跟着回答。

“做了治疗？”新田问。

“到底是怎么回事？泰桑。”鹤田不解地看向泰山。

“就是那个时候中了圈套，”泰山回答，“牙齿被植入了特殊芯片。不过……那之后的一个星期什么也没有发生，这段滞后时间是怎么回事？真田。”

“根据美国的情报，由于被盗技术还处于开发阶段，芯片需要经过一段时间才能在体内达到稳定状态，恐怕就是这个原因吧。”

“请问去了哪里的牙科？”

新田闪烁着猎鹰般的目光，掏出了笔记本。

“位于青山的一家叫近藤牙科的诊所。据说治疗会比较复杂，所以让我去了那里。”

“是谁让你去的？”

“是之前一直去的神保町的诊所。”

新田记下了诊所名称和地址。

“你呢？”新田转头问航。

“我也是。不过我之前一直去的是惠比寿，那里跟我说了同样的话。”

新田将二人经常去的诊所名称、近藤牙科的地址和电话记下来之后，快步走出了房间。

“接下来请二位在本厅接受检查。”

真田说完，叫堂岛带着鹤田大臣父子去了检查室。

“这到底是怎么回事啊？”

泰山目送二人离开，深深叹了口气。

“继我之后，连鹤桑也跟儿子互换了身体……武藤内阁到底是怎么了？”

“关键是支持率，先生。”贝原说，“再这样下去的话，内阁将无法正常运行。”

“偏偏是这两个笨蛋小子当首相和经济产业大臣！简直是世界末日！”

泰山自暴自弃地说。

“那是特意选出来的吧。”贝原说，“儿子优秀就称不上恐怖袭击了。”

贝原朝翔瞥了一眼，脸上满是嫌弃。

“真是听不下去！”翔狠狠地盯着贝原，“老爸，这种秘书直接辞退了，不好吗？！”

“遗憾，在那之前我想先把你辞退！”泰山说。

“现在该怎么办？”泰山紧接着言归正传，封住了翔的嘴。

“接下来是什么日程？小狩。”

“现在毕竟是政权更替的阶段，重要的政治日程一个接一个，其中最重要的应该是首脑峰会了，泰桑。”

狩屋忧心忡忡地看着泰山。“跟您商量一下，照这样下去是无论如何也撑不过去的，要不就此休养一段时间，您看如何？”

“不可能！”

泰山断然拒绝。

“我可是首相！不参加国家首脑会议还称得上是国家领导吗？走马上任却不出席峰会，根本说不过去。再说，跟各国首脑拍照留念，那是多少想要成为首相的人的梦想。”

“嗯，说得也对……泰桑。”狩屋哭丧着脸继续赔笑，“但是接下来由小翔代替出席的话，泰桑也觉得没什么意思吧？要不借此告病，找人代替，等下次峰会再华丽出场……”

“不可以！”话音未落，泰山厉声拒绝，“你觉得我这个首相有多大概率能撑到你所说的下次峰会？再说，我们正被人暗中叫作‘下届选举管理员’呢！”

“真是凄惨。”翔在旁边挖苦。

“闭嘴！不出席首脑峰会的首相，就如同不放叉烧的叉烧面！”泰山态度坚决。

“以目前的状况举行解散议会的话，确实很难赢。”现实派贝原如实说。

“难说？”翔讽刺地说，“畏畏缩缩地能干什么！”

“还不是因为你！有你在不畏缩才怪！”泰山咬牙切齿地说，“托你的福，我现在被人当成了笑话！请你好好学学汉字！从小学开始重新学！”

“还要我再说多少遍，老爸。”翔不耐烦地说，“那种事情根本不用放在心上。你去看看那些猜字节目，现在的国民根本不会读汉字。那家伙用的词那么难，就算不会读又有几个国民能笑得出来？就跟他们说，在嘲笑我之前，有本事你先读读看啊！”

“无药可救啊……”贝原仰天长啸。

“还有鹤桑醉酒会见的事情呢……”狩屋阴郁地说。

“支持率会下滑到什么程度……”

“索性挑明了，告诉大家被恐怖袭击了不就好了！我不干了！”

“不可以！”听了翔的话，真田大惊失色，“这是国家安全上的重大问题！如果一国首相的脑波被挟持的事情泄露出去，就不单纯是国政混乱的问题了。政情不稳会导致股市和债券市场暴跌，国债信用下降，企业资金筹措风险爆发，这会彻底动摇日本经济的根基！经济还会反过来加速政治不安定，陷入无止境的恶性循环！”

“难不成这就是恐怖分子的目的？”泰山正色道。

“有可能！”真田说。

“什么地方的恐怖分子？”翔问。

“这个……”真田眉头紧皱，“半岛？基地组织？或者什么新生组织？”

“也就是说完全没有头绪啊！”

翔双手抱在脑后叹了口气。“不过，为什么是日本啊？直接把美国当作目标不行吗？真是给我找了个天大的麻烦！”

“以前我无意中听到过，”狩屋说，“柯蒂斯总统讨厌牙医，小翔。”

“这种理由？真的假的！”翔大惊小怪地喊起来，“我也不喜欢牙医啊！是没办法才去的……看来我比柯蒂斯总统强。”

“这种事情有什么好争高下的，蠢不蠢！”贝原轻蔑地嘀咕着。

“怎么了！话说你去看牙医吗？”翔抬杠。

“牙齿还是要好好保护的。”泰山露出极其认真的表情，“戴着假牙跟女人亲热很不方便的。”

“扯到哪里去了！！”

“那个……我们回到正题吧。”狩屋无可奈何地打断，“刚才真田也说了，恐怖袭击的事情是不能公布于众的，现在就算下定决心解散议会重新大选，胜算也是很低的。那么就结论来说，除了对这次的恐怖袭击进行秘密搜查，彻底解决之外，目前还没有其他的办法。”

“那我们该怎么做？小狩。”泰山放弃思考直接询问道。

“小翔由我来负责，所以泰桑还是继续扮演小翔吧。真田跟美国政府保持密切的联系，尽快找出能够解除脑电波被劫持的办法。贝原给汉字标上假名。以上，完美。”

一阵奇怪的沉默过后。

“这样真的好吗……”

“不愧是小狩！”贝原的疑问被泰山的称赞打断。

“啊，我就职面试怎么样了，老爸？”翔此时忽然想起来，“你没搞砸吧？”

泰山心里“咯噔”一下，“那……那还用说！”勉强装出自信的样子。

“什么反应？”

“我当然是对答如流，面试官都差点儿招架不住。我可是给你提高了不少身价啊，翔，十块钱的身价至少提高到了一百块，你好好感谢我吧！”

“不是反过来的才好……”翔怀疑地说，“不过算了，还有啊，老爸，做我替身就得好好去上课，出勤天数快不够了，别逃课啊。”

“是谁一直逃课的！！”

泰山青筋暴起之时，新田正好走了进来。

第四章　校园生活

1

“你们这到底是在模仿什么？”

晚些时候来到餐桌前的绫看着面前这对正并排吃早餐的父子问道。

虽然两人互换身体的情况由泰山和翔，甚至加上狩屋一起做了解释，但是作为现实主义者的绫还是未能接受，并认为这只是不正经的成年人之间的“过家家”。

“什么模仿啊！”泰山喝着汤不耐烦地说。

面对无论如何不肯相信的妻子，泰山禁不住有些恼火。

“当然是你们头上戴的这个玩意儿，还用问吗？”

“喂，翔。”

觉得解释起来太麻烦，泰山把话题踢给了儿子。

“什么啊，你自己说不就好了……”

翔一边抱怨，一边开始了解释。

“名为近藤牙科的诊所并不存在。”

昨晚，返回防卫省那间小屋的新田的汇报，让鹤田和航二人瞬间瞪大了眼睛。

“那不可能！我确实……”

“跟办公楼的业主确认后得知，鹤田先生去的楼层从上个月末开始空了出来。然而，就在上周，收到一名自称是某医疗器械厂商的男人申请，说想作为活动场地租用一个月，便租了出去。”

“医疗器械厂商？”真田问，“哪里的？”

新田从手账里拿出名片复印件摆在面前，有两张。

“东和医疗系统，但这家公司实际并不存在。”

“业主居然把房子租给来历不明的公司？！”真田恼火地说。

“据说是现金预付，五百万。只要能拿到钱，根本不管对方是不是皮包公司，这样的业主遍地都是。另外，”新田把从胸前口袋里掏出来的东西摆在鹤田和航的面前，是照片，“这中间，有为二位做过治疗的医生吗？”

一起凑过去的泰山猛地抬起头——因为里面有张熟悉的面孔。

“是他，没错！”航用手指过去的瞬间，“不会吧！”翔狂叫了起来。

“这不是丸山吗？！”

正是那个把芯片植入泰山和翔体内的丸山牙科院长——丸山浩一。布满雀斑的胖脸一改之前温和宽厚的印象，现在只让人觉得面目可憎，罪该万死。

“让我们去近藤牙科的人是同伙吧？”鹤田问。

“这一点已经调查过了。”

刑警新田已经为这一问题找出了答案。

“鹤田先生和航常去的诊所接到一位自称内阁事务官的人的通知，说政府官员的牙科治疗将由青山的近藤牙科接手，并且让他们代为预约了下次诊疗的时间。”

“居然做了如此精细的安排！”泰山火冒三丈。

“这绝对是蓄谋已久、精心设计的犯罪。”新田断言，“而且，罪行还在进行中，不会就此罢手。”

“有办法吗？”泰山这话不是在问新田，而是说给防卫大臣真田听的，“在不了解恐怖分子的目的之前，绝对不能再让恐怖分子从我们脑中盗取国家机密了。”

“当然，我们已经采取了行动。”

真田信心满满地说，抓起桌上的电话。

“堂岛，把那个东西拿来。”

很快，房门打开了，堂岛推着一辆用白布盖住的推车走进来。

“你来说明一下，堂岛。”

“是！这是由我防卫省科技团队开发的最先进的电波干扰装置。请看！”

满面得意的堂岛如同在猜谜节目中介绍奖品一样，一把扯下了白布。

在场的所有人愣在了原地。

“啊？这是什么？这不是头盔吗？”翔大声说，“还是荞麦面店外卖小哥戴的那种……”

银灰色喷气式头盔。

“这什么东西，长得跟触角一样……”

“那是传感器，高性能的高科技装置。”

“太丑了吧！”翔不顾堂岛脸上愠怒的表情，“这么丑的东西，不会是想让我戴在头上吧……”

翔刚把怀疑说出口，只听——

“尺寸合适吗？”泰山问。

“老爸，你真的要戴吗？！”翔难以置信地问，却见泰山把头盔戴上转过头去看着狩屋。

“怎么样？合适吗？小狩。”

“不错哦，泰桑。下次的选举海报就用这个，怎么样？”

“地球防卫军吗？！”翔叫了起来。

“好像《火箭大使》[1]一家嘛。”

绫优雅地喝了口红茶，慢声细语地挖苦道。

“要不你也戴上？”泰山说。

“不必了。不过，这到底是个什么东西？”

“是防卫省开发的高科技头盔。戴上这个，思考国家机密也不会被人监听到。”

“也就是说，只有戴上头盔的时候，你才是你，翔才是翔？游戏结束了？”

“遗憾的是，好像没有那个功能。所以翔还是我，我还是翔。”

“出门的时候怎么办？你们不会戴着这玩意儿出席国会

---

1 《火箭大使》：日本漫画家手冢治虫创作的漫画。

或者去上课吧？”

“开什么玩笑！戴着这种丑东西还不如去死！只要脑子里不去想那些被对手知道会很麻烦的事情就好了嘛。”埋头吃饭的翔不高兴地说。

“是吗，你应该没关系吧，反正脑子里也没什么有用的东西。被对手知道了会很麻烦的事情，应该一件也没有吧？”

“跟想什么没关系。”翔回答，“我不喜欢有人随便偷窥我的脑子。”

“因为会暴露智商啊！”泰山不失时机地插嘴。

“老爸才是！”翔还嘴，“估计那些恐怖分子正在为你的智商抓狂呢！”

这时，敲门声响起，走进屋来的狩屋“扑哧”笑出声来。

“什么嘛，狩屋叔，笑什么笑！”翔生气地说，“你昨天不还说好看！”

“对不起，对不起，小翔，今天仔细看看，很像《火箭大使》一家啊！”

“哎呀，狩屋也这么觉得吗？我刚才也是这样想呢，真是心有灵犀！”绫笑靥如花。

“是呀，只有咱们这一代老人才懂啊。”

“谁老了？”绫敛起笑容，“不过，说是‘一家’有点奇怪呢，我头上又没有长角。”

“是吗？”泰山顺口接了话。

“话说老公，你跟我的约定，没忘吧？”

“要不，我跟你们一起去国会吧！”泰山假装没听见，站起身来。

“老公！”绫气得恨不得头上立即长出角来。

“我也是这样想的，所以给泰桑准备了旁听券。”狩屋做事万无一失。

“那一个亿怎么样了！！”

“看来今天也会很忙啊，小狩。”泰山继续无视，若无其事地打了个饱嗝，“戴上这个头盔怎么就听不清楚声音了呢。”

“是的，是的，泰桑。”

狩屋心领神会地一唱一和，不愧是一对好搭档。

“喂，老爸为什么要去国会啊！”翔实在感到麻烦，“真讨厌！这是打算监视我吗？”

“你就当作‘观摩教学’吧！”

说着，泰山快步将咬牙切齿的绫置于身后。

“我们走，小狩！”

2

“真是捏了把冷汗……不看吧，忍不了，看了吧，心脏受不了……”看完了上午的审议会议，泰山揉着胸部说，“至少汉字读出来了，好歹挽回了一些面子。”

“那是当然，因为全部标上了假名。”一直在旁边陪同的贝原说。

在代表提问环节，自由国民党党首村上明弘发出了各种指责，死死纠缠。虽然最后化险为夷，不过前景依然不容乐观。

“毕竟将和相全被拿掉了。”

继泰山之后，鹤田也成了恐怖分子的牺牲品，使得答辩在统筹安排上捉襟见肘，寸步难行。

“能以险兵制胜也好啊。”

泰山说着刚要站起身来，突然顿住。

旁听席入口附近的一个男人正看着这里。

“先生，去哪儿？！”

“跟上来，贝原！”

泰山突然从旁听席飞奔而出，朝那个从门外消失的背影追去。

慌忙逃走的背影拐过通道不见了。

“休想逃！！”

年轻的身体就是好。泰山以从前不敢想象的速度飞奔，一口气追下拐弯处的楼梯。只是那人也非等闲之辈，将距离越拉越远，很快便消失在那些来国会议事堂参观的修学旅行生的背后，看不见了。

“浑蛋，他逃走了。”

“这是怎么回事？先生。”

贝原“呼哧呼哧”喘着粗气赶来。

“在涩谷看到的可疑人就是他！居然跑到这种地方来跟

踪我。”

“是刚才那个人吗？”贝原用手帕擦去额头上的汗，不可思议地问道，“是不是搞错了？”

“为什么这么说？”

“因为那个人我之前见到过。”

“什么？”泰山吃惊地看着贝原，“在哪里见过？”

“在国会上见到过好几次，在议员会馆也见过，应该是某个人的秘书。”

“赶快想，贝原！是谁的秘书？！”

泰山掐住了贝原的脖子。

“我依稀记得……应该是藏本先生吧……”

“什么？！藏本？”

宪民党党首藏本。

“怎么回事？”

“直接去确认一下如何，先生？”

“不，这种事情最好不要由我出面，有人比我更适合。赶快跟新田联系。”泰山说。

“跟他说，我们抓住了敌人的尾巴！”

3

“男人名叫真锅义人，是藏本的私人秘书。”

不愧是新田，按照约定时间来到官邸时，便拿出了在霞之关附近偷拍到的真锅的照片，一如既往优秀得令人赞叹。

“私人秘书？具体做些什么？”泰山戴着头盔问。

“没有具体安排。是藏本的远房亲戚，关东大学空手部出身。原本打算拿到教师资格证当老师的，不过因为留级不得不放弃，最终被藏本收留。”

“所以才能逃得那么快啊。”泰山表示释怀，接着问，“目的是什么？”

“目的不明。不过没有原因是不会跟踪你的，所以他有可能知道这个秘密。”

“知道这个秘密的除了涉事人员就只有犯罪分子了，新田。”泰山严肃地说。

“先生，事情越来越清楚了。”贝原说，“为什么先生会跟翔互换？为什么连鹤田先生也一样？如果这些都是藏本的阴谋的话，就解释得通了。”

“藏本的阴谋？！”泰山低吼道。

原来如此。这种事情藏本完全做得出来，他是那种为了达到目的不择手段的人，跟黑社会勾结的事情也被传得绘声绘色。

“怎么样，新田，你已经在调查藏本了吧？”

“已经在调查藏本了，不过现阶段没有查到任何可疑之处。”

新田的回答出人意料。

“藏本原来是警方的官员。”贝原犀利地指出，“可能掩盖了事实。”

“他做得出来。”泰山非常赞同地点头，“新田，立即逮捕真锅！”

“时机尚早，先生。”新田表现出谨慎的一面，“据我判断，此次事件是一起组织犯罪。假设藏本党首是幕后黑手，背后也一定有着非常强大的关系网。真锅不过是个跑腿的，现在逮捕他等同于切断了蜥蜴的尾巴。”

新田继续，“警察正严密跟踪真锅。上午十点十七分之后，他的所有行动将都被掌握，专门部队也已经进入他在世田谷区的家中进行搜查，所有资料、电脑信息等将被毫无痕迹地复制带回。再过三十分钟，他在想些什么、过着怎样的生活、银行里有多少存款、领带鞋子到衬衫的喜好，甚至跟什么样的女人交往、有什么样的性癖都将昭然若揭。”

新田脸上露出一抹虐待狂般阴沉的笑。

“我说，新田君……”泰山干咳了一声，充满疑虑地问，“你们，不会对我们政治家也做这样的事情吧？”

“政治家有什么不能被调查的事情吗？”新田淡淡地问。

“这还用说嘛，当然有啊。对吧，先生？”

“闭嘴！贝原。”泰山喝住一旁不怀好意的贝原，“我泰山里里外外光明正大，没什么可担心的。”

“最多就是搞搞男女关系罢了。”

泰山目光如剑，朝一向多话的贝原刺了过去。

“要说担心，也就是支持率了……”泰山黯然吐露了真言。

“一切都如藏本所愿啊……浑蛋……”泰山已经断定藏本就是幕后黑手。

“不，请等一下，先生。仔细想想的话，现在不正是打败宪民党最好的机会吗？”贝原的话让人摸不着头脑。

“什么意思，贝原？”泰山看着他。

“如果能够判定是藏本策划了这场恐怖事件，那他必然会被逮捕吧？如此一来，宪民党肯定会被世人骂到体无完肤，就此彻底出局。在这种情况下举行解散议会，民政党势必一举获胜，那么武藤内阁的重获新生就毫无悬念了。”

“没错！！”泰山惊叹一声拍了下大腿。

“不仅如此，”贝原接着说，“一旦藏本被捕，世人就会知道先生的误读事件、鹤田先生的醉酒会谈不过是藏本的阴谋，这样恢复名誉就不成问题了，而且由于挺身检举了国家敌人，先生一定会身价倍增，没准还能拿到诺贝尔和平奖呢。”

“新田，你听到了吗？”泰山心情大好，大手一挥，狠狠地拍在身边这位刑警的后背上，“就是这样吧，交给你了！”

“我又不是为民政党工作的。”新田不苟言笑地说。

“无所谓了。”泰山强硬地说，“你的任务就是以最快的速度逮捕这次恐怖事件的黑手，也就是藏本！如果进展顺利，届时给你们警视厅增加数倍预算，我看好你哦！”

“终于看到了曙光。”泰山斗志昂扬地握紧了拳头，“正义始终站在我这边！”

“既然如此，先生，我们走吧。”贝原站起身来。

“走？去哪儿？”

“当然是学校了，不是说好了要替翔去上课的吗？”

泰山皱起眉头。

“你替我去吧，贝原。”

“这样行吗？先生，校园里可是有成群的年轻女学生……”

贝原对泰山的性格了如指掌。

不出所料，只见泰山耳朵一动，“真是没办法啊，翔这个家伙……”口是心非地说了一句，装作不情愿的样子站起身来。

“有什么事情请随时联络。新田刑警，拜托你了！”

贝原对新田说完这句话，推着泰山走出了官邸。

4

一辆黑车停在翔所在的京成大学的正门前，泰山和贝原走了下来。

“贝原，把地图拿来。”

“好的，先生，在这里。”

拿过教室的分布图，泰山皱起了眉头。

“这是什么鬼东西……贝原，是你画的吗？”

“怎么可能！当然是小翔！”贝原生气地说。

“上下都不标注一下！典型的没脑子的人画的这种地图，根本没用！”说着，泰山揉成一团扔了出来。

走到门口旁边的指路标牌，确认了要去上课的西校区的位置，二人便出发了。从正门前面的校舍旁边走过，再穿过中庭，翔当天上课的教室就在左手边深处的一栋老旧的教学楼里。

“512 教室、512……在哪里……”

泰山正东张西望的时候，只听贝原喊道：“啊，先生！在那儿！”

顺着贝原的手指一看，学生们正络绎不绝地朝一间教室走去，是一间大概能够容纳 500 人的阶梯教室。

“我们走吧，贝原。”

“啊？我也要去？”贝原不情愿地说。

原本想在泰山上课的时候，去学校食堂或者附近的咖啡店消磨时光的。

“想留我一个人？过来陪我。”

说着，泰山快步走进教室，坐到讲台前面正中间的位子上。

“这是什么课？贝原。”

贝原掏出翔的课程表。

“嗯……哦，是现代政治学，先生。是我们擅长的领域。”

“哦？翔这小子选的课不错嘛。”泰山难得表示了欣慰。

这时，校园里响起了上课的铃声。

“是哪位教授？”

“这上面没有写哦。”

贝原刚刚说完，吵吵嚷嚷的教室里忽然安静下来。

原来是上课的教授从后门走了进来。

“负责这么重要的课程，肯定是非常优秀的教授吧。”

泰山正说着，一个男人从身边走过，登上了讲台。

“先……先生！”

贝原看到那个身影震惊得张大了嘴巴。当然，还有泰山。

“为什么小中会出现在这里？！”

坐到讲台上的椅子里，嘴里衔着标志性的烟斗向后一靠的，正是政治评论家——小中寿太郎。

“贝原，这是怎么回事？”泰山难以置信地说。

“政治评论家当不下去，所以出来打工的吧。”

贝原随口一说，只听小中熟悉的关西腔响起。

“最近的民政党简直不像话哪。不会读汉字的‘无脑’泰山，哦，是‘武藤’泰山，再加上经济产业大臣的醉酒会见哪，因为叫‘鹤’田，所以连见面会也敢‘喝’多，哈哈哈！”

莫名其妙开始了单口相声。笑话太冷使得整个教室如同进入了寒冬，不过小中本就不是会在意这些的人。

“真的无法理解啊，这点学识连普通人都要笑掉大牙了，居然还当国家领导人，世上有这样的发达国家吗？”一开场就口出恶言，“不管是美国总统还是英国首相，还有德国、法国，人家都是精英知识分子。再看看我们，不管是武藤还是前首相田边，甚至再之前的安西，简直是一群笨蛋！那些人不是靠自己的实力成为政治家的，都是因为有个当过首相的亲戚。要是老爸卖豆腐就跟着卖豆腐，要是老爸卖鱼，那现在就戴着胶皮围裙、开着小货车在筑地忙着卖鱼了吧！跟武藤那些人倒是般配哈。”

“啪嚓啪嚓”，好像听到了泰山青筋暴起的声音。

“回去了，贝原！赶紧走！”

“不可以，先生！”

贝原一把按住要站起身来的泰山。

“快下课时要考勤的，必须等到那个时候。”

“浑蛋……”

泰山怒气冲冲地向后一靠，抱着胳膊咬牙切齿地盯着台上。

小中还在继续。

“本来呢，政治体制和经济体制是有区别的，但是跟经济比起来，政治水平实在太低了，政治和经济的不匹配才是现在日本最大的问题。结果呢，为了填补这之间的差距，官员们只能创造出一个哪怕是笨蛋、蠢货，但只要有钱和政党支持就能成为政治家的体制，所以最擅长政权运营的武藤才能借此上位。”

“呼噜呼噜……”贝原听到声音东张西望起来，以为教室里不会养了头狮子吧，结果发现是武藤嗓子里发出来的低啸的声音。

“之所以让手下的小官员制定那么复杂的政策，不就是‘战后’那些政治家的经营模式吗？好让自己家的笨蛋儿子继承自己的政治产业。政治家都不觉得自己是最大的受惠者，还净说些‘摆脱官僚主义’的漂亮话。比如武藤，年轻时候也是把父母当靠山只顾吃喝玩乐的花花公子，他怎么能够制定出约束世人的法案？简直就是蠢货！”

小中越发得意忘形。

“真是信口开河呀！先生。”

贝原的感慨再次淹没在泰山“呼噜呼噜……”的低啸声中，泰山的怒火仿佛马上就要喷出来了。

“媒体也是蠢，之前还为当官能拿多少退休金的事情大吵大闹。你们想想看，干实事的都是东大之类学校里毕业的尖子生吧，去民营企业起码有当董事长的实力，却要埋头在霞之关[1]鞠躬尽瘁，不给到足够的跑腿费，谁会傻得去当官

1　霞之关：日本东京的地名。许多政府机关都将办事处设在这里。

啊？虽然这些人有时候条条框框太多，脑子太好以至于做出笨蛋都做不出的蠢事，不过平均下来还算得上优秀吧，现在最值得日本骄傲的就是这些小官员的脑子了！给这些人一个亿的退休金，总比让汉字都读不出的政治家来制定错误百出的法律要强得多吧！武藤是什么都不懂哪，一个彻头彻尾的笨蛋！”

小中寿太郎是从小官员岗位半路出家的评论家。

当官员时被政治家打压而怀恨至今，现在正对民政党为提高人气打出的“摆脱官僚主义”的口号进行彻彻底底的批判。

“小中这个浑蛋……”

泰山头顶冒烟。

将最近民政党反复强调的“摆脱官僚主义”批判得体无完肤之后，小中把话锋转向了对武藤内阁的攻击。

“话说那武藤内阁不过是为解散议会、开始新一届大选才成立的垃圾内阁，作为第一大党在参议院被宪民党各种压制。换言之，就是一心求死，只不过武藤那些人正被国民嫌弃，磨磨蹭蹭的不敢提出解散。如果现在举行选举，民政党毫无疑问会输得很惨哪。这对多年来稳居第一大党的民政党来说，这是‘政二代’泛滥的世袭政治遭到的报应吧。”

“咯吱咯吱”，贝原再次看向周围，以为是哪边地板坏了，原来是泰山咬牙切齿地磨牙的声音。

只见得意忘形的小中，手拿着麦克风越发傲慢地向后一靠。

浑然不知本人就在场上，对武藤内阁肆意诋毁之后，小中又将话题转向了对武藤的个人攻击。

“我跟你们说，武藤泰山就是个好色之徒。长得丑，脑子也不好使，手不老实，性格又差。这种连汉字都读不出来的首相怎么可能在下次竞选中获胜，肯定惨败啊！要是他能赢，老子就绕着皇宫裸奔一周！”

“先……先生！您没事吧？”

气得发昏的泰山面色铁青，嘴唇不停地颤抖。

“小中，你浑蛋……浑蛋！”

“啊！先生！不可以！”

已经迟了。

“不好意思，请问一下。”

泰山举起手的同时不慌不忙地站起身来。

以为他会说什么，结果——

“老师，如果下一次选举时民政党获胜，您真的会绕皇宫裸奔一圈吗？”

眼睛里浮现出明显的敌意。

“喂，提问就问点有深度的问题吧！”小中鄙视地瞥了泰山一眼，“啊，对啊，不过他们不可能获胜的，不要再问这种无聊的问题了。”

“喂，贝原，稍后请给《潮流周刊》打电话。”泰山坐下来说。

“哎？给《潮流周刊》，为什么？”

“把这话透露给他们，就让他们写‘如果民政党获胜，小中寿太郎将绕皇宫裸奔’。有他好看的！”

“原来如此。”贝原也不怀好意地笑了，“如果这次的事件解决了，宪民党铁定溃不成军。”

“现在随便你怎么说，”泰山斜眼瞄着一脸得意的小中，“到时看你还笑得出来！”

5

“回去吧！贝原。”

下课的铃声响起之前，出勤表终于传到了泰山手里。他在上面写下了“武藤翔”三个字。

“先生，还有一件麻烦事。”

贝原看完翔的“拜托事项清单”后，抬起头来困惑地环视教室。这间教室刚刚随着小中的一句“下周再见”而嘈杂了起来。

“上面写着‘去向那些看上去认真听了课的学生借笔记复印’，呃……还有……”贝原继续读下去，“孙复印也可，不过要确认能够看清楚……”

“孙复印是什么？”

泰山问。

“直接复印出来的是儿子，复印再复印出来的是孙子……”

“现在真是方便……”泰山非常不满地说，“我那时候哪有这些……”

“真是可怜。真亏您能拿到学分，先生。”

“闭嘴！”

泰山刚要发脾气，只听旁边有人搭话。

“之前没事吧？翔。”

是一个小个子的短发女生。总觉得在哪里见过，可是实在想不起来。

“啊，你好。”泰山脸上露出笑容，接着转头小声问道，“这是谁？贝原。”

“我怎么可能知道……”贝原小声回答道。

不过，贝原灵机一动，“不好意思，这是我的名片。”说着递出了名片。

“公派秘书……先生？”

女生拿过名片，疑惑地看向贝原。

“前些天小翔遇到了些麻烦，所以今天我陪他一起来了。不好意思，请问你是？”

“南真衣。”

真衣眼睛一转看着贝原说。

“跟小翔是什么关系？”

“是朋友，也是语文选修课的同班同学。”

“噢，原来如此。”

贝原一本正经地点点头。

“小翔传话说，请把笔记借给他。”

泰山用胳膊肘捅了捅贝原，不过为时已晚。

“传话？明明就在身边？”真衣指着旁边的泰山。

“啊，那个……是的是的，世间有些人近在咫尺却远在天涯。政治家和秘书就是这样的关系啦，啊哈哈……”

贝原讪笑着蒙混过去，继续厚着脸皮问：“能把笔记借给他吗？小姐。”

“公派秘书先生真是有意思呢，我喜欢。”

“啊，是吗？”贝原撩了撩头发。

“人家这是在嘲笑你，笨蛋。”泰山嫌弃地说。

“那，这个可以吗？”

真衣从包里掏出笔记本交给泰山。

“还有呢，翔，今晚我店里有聚会，要不要来？你来了，大家会很开心哦。”真衣发出邀请。

“你的店？”

泰山终于想起来了。不过跟在六本木见到时的感觉不太一样，端详之下，面前的女生长着一张娃娃脸，身材娇小玲珑，给人感觉干练精明，不过怎么也想不到会是个学生企业家。

泰山还没来得及答复，“在哪里？”贝原抢着问。

貌似对真衣非常中意，贝原已经迫不及待了。

“六本木 Arute，晚上七点开始，等你哦，翔，还有公派秘书先生。”

“我叫贝原。”贝原说。

“嗯，还有贝原先生。”

贝原含情脉脉地看着真衣转身离去的背影。

6

“贝原，你真要来啊？”

晚上，在六本木十字路口附近，泰山从车上下来，嫌弃地回头看着贝原。

“我也被邀请了呀。”

“你还真信啊，人家那不过是客套话罢了。”泰山强词夺理，“你好歹也是政治家的秘书，这点察言观色的能力都没有吗？再说人家女大学生怎么可能邀请你这样的大叔。”

“我才三十二岁！”贝原受伤地说。

“那也是实实在在的大叔。”

“那先生又怎样，已经年近花甲了吧。”

正下台阶的泰山停下脚步，“喂，贝原，你看我这样子像年近花甲的吗？”说着脸上露出得意的笑。

“现在的我可是二十几岁的年轻人，而且跟我年轻时候一样玉树临风、英姿飒爽！这扇门的后面有成群的女大学生等着我呢！走了！”

“可……可是，先生，这个聚会又不能筹集资金！”贝原朝着三步并作两步奔下楼去的泰山喊。

“贝原，这世上不是只有金钱哪！”

“真听不出这是武藤泰山说出来的话！”贝原叹道。

“那是你耳朵不好！如果不是耳朵不好，那就是脑子不好！走了！”说着，泰山转眼就消失在门后。

“啊！先生！等等我！”

从台阶上飞奔下来的贝原追逐着泰山消失的背影，推开了地下的那扇门。

昏暗笼罩下的酒吧里，聚集了百人以上的年轻男女。

“你来了呀，翔，谢谢。”

真衣一眼看到了正在门口四处张望的泰山。

“接到您的邀请，我深感荣幸。”

“装什么哪，客套话快免了吧。喝什么？红酒还是啤酒？”

“红酒是什么牌子的？”

“2002年的勃艮第之类的。”

“哦？”泰山眉飞色舞地说，“好年份！不错不错。”

“要试试吗？荒木，去拿过来。”

真衣瞬间变成女王般的口吻命令着身后穿着黑衣的男子，而泰山的身后，贝原正一脸热切地盯着真衣看。

红酒被毕恭毕敬地倒入面前的酒杯里，泰山接过来含下一口，举起酒杯端详。泰山对红酒非常精通。

“怎么样？翔。”

“嗯……怎么说呢……”

泰山正歪着头欲言又止，“不愧是好年份的红酒，好喝！”贝原抢着说。

听闻此话，真衣莞尔一笑。

“公派秘书先生说话真是令人开心呀。”

“我叫贝原。”

“对，贝原先生，请尽情享用吧。”

“谢谢！”

正当贝原飘飘然的时候，“不太对吧……”泰山小声嘟囔。

贝原脸上的笑意换作诧异，“什么不太对？”

“味道不太对。勃艮第的红酒用的应该是黑皮诺，不过这里的葡萄怎么品都感觉像赤霞珠。”

泰山又含了一口。

“嗯，没错，就是波尔多或者加利福尼亚那种便宜货的味道。”

“先生！过分了吧！笔记不借给你了怎么办？”贝原小声告诫。

“很能干嘛，翔。”真衣说着，刚刚热切的表情从脸上消失，“没想到你对红酒这么了解。你说得没错，这里面就是加利福尼亚的便宜货。”真衣若无其事地承认了。

“什么？！你刚刚说是勃艮第的呀！”贝原目瞪口呆。

“嗯，我说的是酒瓶，里面另当别论。”

“这是欺……欺诈……”贝原惊讶过后是垂头丧气。

“请给我上一瓶真的勃艮第吧！”泰山说道，没有理睬受伤的贝原。

“不要耽误真衣的生意嘛，武藤君。”

回过头来的泰山一下子说不出话来，一位身穿抹胸晚礼服的美女站到了面前。之前遇到过，名字应该是——

“不好意思，请问你是……”贝原问道。

“这位大叔是谁？”

“大叔……”

泰山得意地朝再次受伤的贝原笑了一下。

“这是我老爸的公派秘书，叫贝原。”

“是吗？上次的事情对不起啦，武藤君。”美女对贝原完全无视，接着说，“跟你好像有些误会呢，听说我的朋友对你做了些无聊的事情。”

“无聊的事情？”

“就是在外面打架的事情啦，我听真衣说过了。”

跟翔交换身体的那天晚上的事情。

“你的名字是……”

听到贝原的问话，女子不耐烦地回答。

“艾丽卡，村野艾丽卡。”

“我们把以前的不愉快一笔勾销，一起干一杯如何，艾丽卡？荒木，也给这位美丽的小姐拿瓶勃艮第来。”

这样的口气让艾丽卡“扑哧”笑出声来。

“装什么呢？武藤君，老气横秋的样子。”

“我们到对面说话吧。”

碰杯之后，泰山把手不经意地护到艾丽卡的腰上，朝对面的桌子走去。

“先……先生！那个……那我呢？”被无视的贝原不好意思地问。

“你不是在喝加利福尼亚产的勃艮第嘛，闲的话，去把下次的演讲稿写好，别忘了标上假名。”

泰山选了一个不容易被人发现的角落。很快，红酒、奶酪还有水果被送了过来，应该是真衣的贴心安排吧。

“你真漂亮，艾丽卡。我们干杯！”泰山说。

当然，这次是真的勃艮第。

“谢谢，你也不错。”

艾丽卡看着一身阿玛尼的泰山。

“之前的事情就忘了吧，”泰山说，“我们重新自我介绍一下如何？我对你很感兴趣。”

如果是老头儿说这种话，会让人起一身鸡皮疙瘩的吧？可现在从这二十四岁的年轻人口中说出却给人非常自然的感觉，真是不可思议。

“好呀，我对你也很感兴趣。”

有戏。泰山暗自满意地一笑。

“你在学校学了些什么？”

“喂，这是夜总会里的老头子才会问的问题。怎么啦，装老成？”

“嗯，差不多吧，你在夜总会上过班？艾丽卡。”

或者应该问……正在夜总会里上班？

“怎么可能！”

“那回答我，你白天——啊不是，你在学校学什么的？”

“真的想知道？武藤君。”艾丽卡问。

“嗯，想知道呢。”

“那我就告诉你。我和你在同一所学校，而且同是政治学科的学生。进一步说，我跟你还是语文选修课的同班同学，我们有一半的课是一样的，不过基本没在教室里看到过你，所以你不知道我也是情有可原了。这些事情之前我没说过吗？”

“真是有缘哪。”泰山自动忽略其中的细节。

“怎么还感慨起来啦？”

艾丽卡惊讶的表情着实美丽，在昏暗的灯光下将长发轻轻撩起的姿势真是动人心魄。

“你有什么爱好？”

“这是相亲时候的问题。”艾丽卡莞尔一笑，没有回答。

“你相过亲吗？”

“怎么可能嘛。我的爱好，嗯，应该是政治吧。”

“非常不错的爱好。”泰山重重地点点头。

“那你的爱好是什么？武藤君。”

“当然是政治了。”泰山挺起胸脯，“我的志向就是从政，我们真是兴趣相投啊。”

“从政？你之前不是这么说的吧？”艾丽卡愣住，“不是说要去普通公司就职的吗？”

“谁说的？”

“就是你呀，武藤君。”

“那可能是另外一个我吧，脑子不好使的那个。其实，有两个我哦。”

“今天是脑子好使的那个？”

“没错，读汉字不在话下。”泰山自信满满。

“也就是跟你爸爸不一样喽。”

“我爸也有两个哦。”泰山一副不满的样子，“现在的是脑子不好使的那个。”

“武藤家还真是奇怪呢。”

“谢谢夸奖。”

“谁夸奖你了！”

“谢谢！我想对你了解得再深入一些，艾丽卡！”泰山抓起艾丽卡的手放到自己的膝盖上，当真是把这里当成夜总会了，“我想了解你的全部……”

就在此时。

“干什么呢！”

某个浑小子的声音平地而起。

泰山回头一看，一张狐狸脸凑到了自己面前。一头短发染成了金色，大概经常去晒黑沙龙之类的地方，一张黑脸连昏暗的灯光都无法掩盖，男子背后站着两个同伴，正虎视眈眈地盯着泰山。

眼熟。跟翔交换身体的那个晚上，在这家店大打出手的就是这群人，没记错的话，是演歌歌手桥田洋一郎的儿子。

“噢，原来是叫桥田的混混啊。”泰山笑着说，“这里没你的事儿，赶快滚！”

“口气很大啊，找死吗！”

桥田脸上的假笑瞬间收回，眼底冒出狂躁的怒火。

“别这样，桥田君。”

“艾丽卡，不要说话。”

“等……等一下！”

此时，察觉到异常，贝原飞奔过来。

“你们要干什么！赶快离开！”贝原挡在泰山前面。

“啊！”一记扫堂腿过来，贝原转眼躺在了地上。

“你们这些人，要是在店里胡闹，以后就不要再来了！”

听到动静赶来的真衣双手叉腰喝道。

“快……快阻止这些人呀，真衣小姐！”贝原躺在地上不好意思地请求。

“啊，那是不可能的。”真衣冷冷地回答，“只能彻底干一架了。”

“没错，真衣。不过我们的人还没有凑齐。”只见一个男人站到泰山的面前，“对不起，我来晚了，翔。”

这个短小精悍的背影，正是翔的朋友——牧原。

这位帮手的出现显然让桥田等人踌躇了起来，他们已经见识过牧原合气道二段的实力。

“算了，今天就先饶过你吧。”桥田虚晃一枪准备撤退。

“只有嘴巴厉害嘛，桥田君。”

像是按下了开关，艾丽卡的这句话让转身要走的桥田又转过身来。

“去外面，武藤！”

“我们走吧。”泰山说，“喂，贝原，你也来帮忙！”

“啊？我也要去吗？”贝原哭丧着脸说。

“你偶尔也要为人类做点贡献。清扫垃圾，走！”

泰山跟牧原并肩走到店外，贝原无可奈何地追上去，随后真衣、艾丽卡也跟了出来。

后门的小路上。

“那个……大家听我说，还是就此罢手吧，我反对暴力——啊！”

只见桥田的拳头飞到贝原赔笑的脸上，随着“啪”的一声，贝原的身体向后飞去，路旁的垃圾桶顷刻被打翻在地。

如同开战的信号，桥田身后的二人向泰山猛扑过去。

泰山被一把揪起按到了墙上。

“浑蛋！”

举起的拳头毫不犹豫地朝泰山飞去，一刹那闭上眼的泰山听到“啪”的一声，眼睛睁开了一条缝。

黑夜中伸出一只手，在刚要碰到泰山脸上的时候抓住了那只拳头。

不是牧原的手，牧原正在旁边朝桥田放拳。

“新田！”

不知何时，这位刑警已从容不迫地出现在泰山和对手之间。

“先生，太放纵的话，你会很麻烦的。”

新田说着使力把手里的拳头捏起来。

“疼疼疼！！”男子龇牙咧嘴地喊起来。

只见新田一记重拳打到对方的脸上。男子一个漂亮的弧度飞了出去，紧接着新田那双标志性的马靴狠狠地“问候”了旁边另一个男子的脸。

转眼间，三个男人全部滚倒在地。

“喂，贝原，你没事吧？”

泰山把手递给从垃圾中间晃晃悠悠站起身来的贝原，接着向新田问道：“咦，你怎么会出现在这里？”

“公安得到情报说正在追踪的真锅到这里来了，而跟踪先生的刑警也说先生在这里，我担心有事情发生。”

真锅是藏本的秘书。

“跟踪我的刑警？”

泰山左右看了看，没有发现任何踪影。真不知道他们是从什么时候开始尾随的，竟然完全没有发觉，不愧是刑警！

“你们还要回店里吗？”新田问道，回头看了看表情严肃地始终守在一边的真衣和艾丽卡。

“嗯，因为有聚会嘛，你也来吧。”泰山邀请。

“不，我就不了。”新田拒绝道，“不能严于律己的刑警不是好刑警。”

留下这样一句话，新田再次消失在六本木的夜色中。

“喂，你们打算睡到什么时候？快点起来，丧家犬三人组。”

真衣毫不留情地骂着，伸手拉起在柏油路上不停呻吟的三个人，走到大路上去拦出租车。

“看到了吗？以后不要再自找麻烦了！”

在牧原的呵斥之下，三人逃也似的跟在真衣身后离开了。

“没事吧，翔？”牧原关切地问道，“刚才那个大叔是谁？拳脚实在了得啊！”

“哦，他是贴身保镖。”泰山随口回答，“最近不太平，不说了，我们进去喝酒吧！”

泰山的身后，“先……先生！”贝原不好意思地喊着跟了上来。

回到店里，泰山四处张望着。

“你在找人吗？”艾丽卡问。

“嗯，在找一个熟人。”泰山回答。

“朋友？大学同学？”

“不，是秘书。你知道藏本吗？”泰山问，“那个宪民党党首。”

“嗯，当然，毕竟政治是我的爱好。”

“就是藏本的秘书。”

“秘书为什么会在这里？”

“那是个谜。”泰山回答。

应该不是尾随泰山而来的，不然新田会直说，当然，更不可能是偶遇。

也就是说，真锅来这里一定有某种不为人知的特定理由。

“这样也好，保持神秘感也许更有意思呢。”看着陷入思考的泰山，艾丽卡举起了手中的酒杯，“干杯！”

“你们什么时候关系这么好了？”

牧原惊讶地说着，知趣地朝旁边有其他朋友的桌子走去。

“喂，贝原，你也走开吧！”泰山跟旁边的贝原小声耳语。

“太过分了吧，先生！”

“我马上要拿下这个女人！跟那笨蛋儿子交换身体，要是这点好处都没有太不合算了！听好了，不能让我老婆知道！”

“知道了，先生，可是……”

“闭嘴，快走！”

贝原极不情愿地离开了位子。

“终于安静了……对了，我们刚刚聊到哪里了？”

跟艾丽卡轻轻碰了碰杯，泰山问。

“你说想了解我的全部。”

艾丽卡还记得。

“对的，我非常想了解！”

“这样的话，要不要去我家？”

艾丽卡出乎意料地提议。

“在哪里呢？”

“赤坂，也有红酒哦，不过不知道合不合你的口味。来吗？”

“当然！”

泰山牵着艾丽卡的手，头也不回地走了出去。

7

出租车沿着外苑东大道朝青山方向驶去，旁边的艾丽卡身上传来丝丝缕缕的幽香，是适合女大学生的、带些小调皮的橘香，紧身晚礼服中露出的酥胸，在昏暗的车内闪着诱人的光芒。

“在青山大道前面信号灯的地方右转。”艾丽卡说。

道路两旁的风景迅速向后逝去，驾驶员默默地将方向盘往右一打，驶进了一片住宅区。

“就在这里。”

艾丽卡说完，泰山付了钱走下车来。

“哦，公寓很不错嘛。”

是一幢低层的高级公寓，入口处挂着的公寓铭牌显示是由大型不动产公司经营的高级公寓。

“这里，你一个人住？”

“嗯，是呀。”

除了偶尔有男人来住的时候吧！泰山暗自断定。那么，今晚我就来完成那个男人的使命吧。这世上也不都是坏事嘛！

泰山完全像贵妇手里牵着的宠物狗，朝前面风姿绰约的背影追上去。

“这边哦。”

乘电梯上到二楼，内廊分成两边，艾丽卡走到右边最里面的房门前，从手包里拿出钥匙打开门，招手把泰山叫了进去。

迎面是豪华的大理石玄关大厅，房间里静悄悄的，甚至能听到两个人呼吸的声音。

被这份寂静点燃了欲望，泰山浑身热血沸腾。

一种久旱逢甘露、大地回春的迫切欲望。

年轻真好啊！泰山咬牙切齿地压制住内心的狂喜，旁边的艾丽卡若无其事地踢掉了脚上的高跟鞋。

玄关直通的走廊尽头是客厅，这间一个人住显得过于奢华的公寓，就地理位置来说，价值绝对超过一亿日元。

“你家很不错嘛。”

“谢谢。本来是做投资用的，现在价值下滑，所以就自己住了。”

艾丽卡把漆皮手包扔到沙发上，微笑着回过头来看着泰山。

“你喜欢勃艮第？”

“嗯……”泰山向艾丽卡凑过去，双手握在她的腰上低声说，“我更想知道你内衣的牌子，现在就想。”

“那就遗憾了，人家没穿内衣呢。”

“啊！鼻血……”

泰山慌忙从口袋里掏出手帕的空当，艾丽卡一个转身从咸猪手里逃开了。

“开玩笑的啦，笨蛋。”

“小坏蛋……”

泰山随手抓起旁边的纸巾揉成一团塞到鼻子里。“到底是不是玩笑，让我来试试看吧，艾丽卡！”

就在泰山再次朝艾丽卡凑过去的时候。

“你这套说辞太老套了，泰山。”

艾丽卡口中突然冒出这句话，那双伸向窈窕香肩的手瞬间顿住。

“你说什么？”泰山紧紧盯着艾丽卡。

“我说你太老套了！”

语气绝非之前的艾丽卡。

“你……你是谁！”

艾丽卡脸上出现与之前判若两人的表情，饶有兴致地看着泰山惊慌失措的样子。

“你是泰山吧？”艾丽卡问道，“跟儿子交换了身体的武藤泰山，没错吧？”

“你……你怎么知道的？”

就在此时，视线的一角，一个身影晃动了一下。

泰山看到后不禁倒吸一口冷气。

是那个男人——藏本的秘书，真锅义人！只见他紧紧盯着泰山，慢慢绕到了泰山身后，这是一个结实健壮的男人。

浑蛋……难道是圈套……

泰山内心愤然，可是已经来不及了。

“艾丽卡，这个男人是你的……朋友？”泰山问。

“说是保镖更准确吧。”艾丽卡的回答出人意料。

“看来恐怖分子‘享受’VIP待遇嘛，竟然配了保镖！”泰山虚张声势地说道。

“那还是不太一样的，泰山。”

“泰山”，艾丽卡这样叫泰山。对泰山直呼其名的人并不多，只有那些结识很久的政治家同僚。

这个女人到底是什么人！

泰山脑子里闪出这个问题的瞬间，只见艾丽卡朱唇轻启。

“你知道我是谁吗？”

“什么？！”

泰山凝视着艾丽卡。

“之前请你吃过牡蛎天妇罗，就在新富町路边的那个加加美店，那是老子创立新政党之前的事情了，这段恩情你不会忘了吧？”

“恩情？”泰山怒声道，“那里牡蛎天妇罗不过800日元吧！”

瞬间，泰山顿住了。

加加美是一家老牌荞麦店，对那里情有独钟的政治家，在泰山所知的范围内，只有一人。

而且，虽说政界圈子够大，但在泰山所知的范围内，能把请客吃顿牡蛎天妇罗说成这么伟大的，也只有一人。

“不……不会是……”

泰山双目圆瞪，重又端详艾丽卡那张美丽的脸。

“藏……藏本！你个臭小子！”

艾丽卡不屑地嗤笑了一声。

没错，就是这熟悉的嗤笑——代表提问中准备在鸡蛋里面挑骨头的时候，藏本脸上才会出现的表情。

“终于明白了啊，泰山！”

艾丽卡，哦不，是藏本。

“你想干什么！”泰山怒吼道，“这是对国家的恐怖袭击啊！藏本，别以为我会轻饶你！”

“别这么早下结论，泰山。”藏本深深叹了口气，露出讪笑，耸了耸肩膀，“其实……我也是受害者。”

“你也是？”泰山盯着藏本，“难道，最近你也去看牙医了？”

“嗯，跟你一样。涩谷的丸山牙科，艾丽卡也去了，这些我都调查过了。”

藏本的私宅跟泰山一样同在松涛，有不少政治家住在那边，所以大家选择同一家诊所也并不奇怪。

“同庆之至！”泰山自嘲之后一声叹息，“然后呢？艾丽卡是谁？你的情人？”

如果有这样美丽的女子常伴左右，那真是羡煞旁人了。

“谁跟你一样！艾丽卡是我的女儿，跟我前妻的……所以没有用我的姓。”

“所以……在国会上提出那些刁钻问题的是……”泰山大吃一惊。

“那是艾丽卡。”

“可怜啊，”泰山说，“跟你这种性格扭曲丑陋无比的老爸交换身体……可以说是恐怖袭击最惨烈的牺牲了吧……不过看在你心里美的分上，让我摸一下吧！”

朝藏本胸口伸去的手被“啪”的一声打掉了。

“别碰我！喂，真锅！”藏本朝一旁待命的秘书喊道，“估计客人快到了，你去看看！”

“客人？谁？”泰山问。

“刑警。他们会直接冲进来，连我家家门都不会放过。”

藏本不愧是从警方官员升上来的，在这方面反应相当灵敏。

正如他所料，真锅刚走到玄关，便听到一阵嘈杂的脚步声，新田脸色大变地闯了进来。

“所有人！不许动！先生，你没受伤吧？”

新田手里举着枪，背后还有两个泰山也没见过的人冲了进来，其中一人逮住真锅对其进行背铐。

“我没事，新田，辛苦你了，把他放了吧。”泰山说，“这是宪民党的藏本志郎。”

“这是怎么回事？先生。”新田保持着警戒的姿势问道。

“跟我一样，被交换了脑电波。新田，事态比我们想象的严重得多。”

8

“我还以为是你为了夺权而干下的事情呢，藏本。”泰山说。

“怎么可能！”藏本接着讲起了脑电波交换的经过。

“我是上上周的周三去丸山牙科的，他劝我最好把智齿拔掉。差不多同时，本来去其他牙科医院的艾丽卡拿着介绍信也到丸山牙科去了。”

在泰山跟儿子交换身体之前，藏本已经“子女化”了，也就是跟自己的子女交换身体。

“你是怎么知道丸山牙科有猫腻的？”泰山问。

“动用了过去的关系。”

藏本居然知道这些本该是绝密的情报，不愧是原警方高官。藏本的情报搜集网遍布警方内部，据称甚至能够跟公安匹敌。与政党分道扬镳自立门户而迅速成长为在野党第一大党，可以说能够暗中操纵情报的藏本的功劳巨大。

“你是怎么发现我的问题的？”泰山问。

“我之前听艾丽卡说你儿子不是一般地蠢，我就想到是不是有这个可能。不过我女儿相当优秀，不像你，成天提心吊胆的。”

“真是不错啊，一直做你的替身不是更好吗？你还可以一直欣赏你家女儿曼妙的身材。”泰山讽刺道。

“这世上如果有人看着自家女儿的身体就能兴奋起来的话，那一定是变态狂！哼，只要有我在，就不会让那些乱七八糟的苍蝇飞过来！”藏本说。

“只是……只是这个胸实在太重了，肩膀酸得不得了。”

藏本说着转了转肩膀，只见晚礼服里的胸脯晃了几晃，泰山眼睛盯在上面忍不住咽了口口水。

“藏……藏本……跟我换换脑电波，怎么样？”

“你去跟猴子换吧！”

藏本鄙视地看了一眼泰山，话锋一转回到了正题。

“话说回来，泰山，这次的事件调查到什么程度了？大家信息共享，组成统一战线，如何？”

“好，马上召开秘密会议！”

二人从艾丽卡的家里出来，在新田的护送下前往防卫省地下的会议室。

会议室里，翔和狩屋已经在等候了。

“艾丽卡怎么会在这里？！老爸，这是怎么回事？”

看到藏本和泰山走进门来，翔大喊大叫起来。

“这不是艾丽卡，是藏本志郎。”

听到泰山的解释，翔睁大了眼睛。

“什么？那个一直对我挑刺的浑蛋老头儿？”

“提问的才是艾丽卡小姐。”已经听说了整个事情经过的贝原说，“你跟人家完全不是一个重量级。”

“讨厌的女人。”

翔说着，跟狩屋一起仔细打量着身穿晚礼服的艾丽卡。

“呀，跟那个螳螂一样的藏本真是一点都不像呢。泰桑，你觉得呢？”狩屋说。

“说实话，我有点羡慕……”泰山说。

“谁是螳螂？我若是螳螂，你就是白蚁！”

作为原民政党议员，藏本和狩屋彼此非常熟悉。“嗯，确定是藏本本人。”听到藏本的反驳，狩屋点了点头，“不过不知道原来你还爱好男扮女装嘛……”

“怎么可能？这看起来像男扮女装吗？小狩！”藏本生气地说，“看来你不光是脑子不好，连眼睛也不好！”

“今天的情况怎么样？小狩。”泰山此时插话道。

“汉字都读出来了，是吧，小翔。”狩屋说。

简直就是家庭教师与调皮小学生之间的对话。

“连小学生都不及的能力还想奢望舆论支持……现在我们宪民党的支持率节节攀升呢！”

藏本不屑地笑了笑，仿佛胜券在握。

“那点支持率转眼间就能反转，对吧，先生？”

一谈到支持率，贝原立马认真了起来。

“那不是很有意思吗？下次的选举真是令人期待。泰山，赶紧解散议会！”

“不用急，早晚会解散的，不过在那之前你千万要保持现在的德行，牡蛎天妇罗君。”

“照这样下去，恐怕二位都参加不了选举。”

真田把跑偏的话题拉了回来，接着把美国政府提供的情报告诉了藏本。

“CIA 最新技术被盗的事情我也听说了。”藏本听完后说，“重点是盗取技术的恐怖分子，你们推测是谁？”

“目前正在全力搜集情报，不过还没有新的消息。”

“会不会是基地组织干的？”贝原说，“也许不仅在日本，其他国家的领导也发生了‘子女化’的事情。如果真是这样，这次恐怖袭击不亚于‘9·11’啊！”

“其他国家有相同的事情发生吗？”泰山问道。

“没有。有可能其他国家也发生了同样的事情，但不会有人把它泄露出来，毕竟这属于国家安全的最高机密哪。”

“费解，真是费解……”狩屋歪着头纳闷地说，“泰桑和鹤桑被攻击可以理解，为什么连藏本也中招了？”

“那是因为觉得我们会成为下一届执政党吧。”藏本自信满满的样子。

“那您是想太多了，藏本先生。”贝原不甘示弱地说，“民政党的支持率明显更胜一筹，恐怖分子怎么可能看上宪民党之流。”

“宪民党之流？之流是什么意思！”藏本冒出火来。

“你的政党宣言里面，有没有触犯对方的内容？”

听到泰山的话，藏本抱着胳膊仔细想了想。

“应该没有。”藏本摇了摇头。

“各位，还是把思路放开一点吧！”

听到新田的话，大家转过头来。

“犯罪分子并不局限于极端主义，目前还没有确定犯罪分子的佳策。”

这位外表花哨的刑警只有在这种时候才会显示出与他精

干刑警相符的敏锐目光。

“罪犯必然有他实施罪行的动机。动机可能是宗教信仰上的理由，可能是国家主义信条上的理由，也可能是除此以外的任何理由，只有解决了这次事件才能弄清楚。”

面对这正确到令人哑口无言的意见，周围陷入了一片沉默。

“你们刑警还真是站着说话不腰疼。”打破寂静的是容易急躁的藏本，“现任总理大臣及其阁僚，还有在野党第一大党党首都遭到了恐怖袭击，你们还能说出如此悠闲的话来，真不可思议啊！如果发现了嫌疑人，赶紧把他们全部抓起来严刑拷问才是你们应该做的吧！”

“不好意思，刑警又不是特工。”新田用轻蔑的语气说，“另外，刚刚得到消息，宪民党某议员是六本木一家高级卖淫俱乐部的注册会员。”

“骗人的吧，是谁？”藏本张大了嘴巴。

“浜畑健三郎。”

藏本脸上顿失血色，眼睛一眨不眨，嘴唇颤抖着……

“浜……浜畑……”

浜畑和藏本同为宪民党的门面。作为年轻议员，在电视和杂志上频出风头，是有名的美男子议员。

新田继续说着。

“据说是那家卖淫俱乐部被告发，从没收的顾客名单中发现了浜畑的名字。”

“怎么可能呢？！”

“啊——真是可怜。”狩屋在一旁冷嘲热讽。

“浑蛋！这事不能放任不管，我先走一步！”

藏本说着站起身来招呼秘书，“真锅，我们走！去党总部！”

“不错不错，敌之不幸，我之蜜糖。”

看着从房间里飞奔出去的藏本，泰山一脸从容地说。

“还拿支持率夸夸其谈呢。”贝原毫不客气地附和。

“看来民政党下次选举能稳赢了吧，泰桑。”

狩屋刚刚说完，只听新田冒出一句：“未必吧。”

“什么意思？新田，难道还有事情？”

“这也是刚刚得到的消息，《潮流周刊》上刊登了一篇自称是民政党某重要议员的情人的采访。”

“真的？！”泰山大吃一惊，“是谁的情人？”

“不会吧，泰桑！”狩屋战战兢兢地说，“不会是美香吧？之前舍不得给她封口费的那个。”

“我最后给了啊，一百万！坏了，难道给少了？！”泰山一脸愁容。

“是银座 RUBY 里一个叫菜菜美的女子。”新田说。

话音刚落，一声怪叫响起。

不是泰山，而是狩屋。

“怎……怎么了？狩屋叔！”

“菜菜美原来是狩屋官房长官的情人。”贝原在不明就里的翔耳边低语，“一个白白胖胖的三十几岁的女人，长官有了其他相好就把她甩了。”

“狩屋叔也不容小觑哪。”翔嬉皮笑脸地说。

“现在不是说风凉话的时候，小翔！”

狩屋露出跟蒙克的《呐喊》中的人物一模一样的表情看向泰山，“怎……怎么办啊？泰桑！”

“这是官房长官应该思考的工作吧，小狩。”

泰山完全放弃了思考。

“这……这可如何是好！”

狩屋抱住了自己的头。

第五章　丑闻爆发

1

“我知道了！泰桑！”愁容满面的狩屋忽然抬起头来。

此时，这一群人心情沉重地从防卫省来到了首相官邸。

“这也是恐怖袭击吧？”

“怎么可能……”翔鄙夷地说，“哪有那么无聊的恐怖袭击。”

“也是……真是对不起，泰桑。”

“没事，谁都有犯错的时候。”

泰山看着一旁垂头丧气的狩屋轻描淡写地劝解。

“不过，你打算怎么办？”泰山问，“私了不太可能吧，毕竟是《潮流周刊》，小恩小惠肯定行不通。”

“确实是……”狩屋深深地叹了口气，“只能承认了，毕竟也是事实。”

“是啊，”泰山思考之后也不得不放弃，“圆谎不力等于自掘坟墓，反而会起反效果。”

“可是，出现这方面的丑闻，支持率……要怎么办？先生。”贝原一脸严肃。

无人回答。

面对盟友的丑闻，泰山很难判断应该如何处理。

“将我革职吧，泰桑。”狩屋态度坚定地说，“我引咎辞职。”

“小狩……”

“请将我革职，”狩屋继续恳求，“我不能拖政权的后腿，泰桑。”

“稳住！小狩。”泰山厉声说道，“你如果不在了，我们的政权要如何运转？之所以起用你做官房长官，并不单纯因为你是盟友，能让茂木派和竹田派甘拜下风助我们一臂之力，是小狩你四处奔走斡旋的功劳！你是我们政权必不可少的人，不，是民政党，不，是整个日本都不能缺少的政治家！你明白我的心情吗？小狩！”

“泰桑！！”狩屋眼睛赤红，嘴唇颤抖起来，“听到您的话，我真是荣幸之至！可是……官房长官的桃色丑闻是不会被世人容忍的，媒体也不会放过我，真是难办啊……”

“确实不会有比这更具爆炸性的话题了。”贝原的评语相当客观，“最近也没有大新闻，一定会被紧盯住不放的。”

“不过，贝原，比那卖淫俱乐部还是要好些吧。”

“半斤八两！”贝原鄙夷地说，“不过，要是能预先知道报道的内容就好了。”

“可以知道。”一个意想不到的声音在此时响起，是新田。

“怎……怎么知道？”

“公安已经拿到样稿了。”

“让他们赶快传过来，新田。”

很快，三张传真出现在眼前。众人探头看向那个醒目的标题。

“银座的人气巨乳妈妈桑赤裸告白与狩屋大臣的关系！”

“菜菜美的胸有那么大吗？”泰山抬起头来问。

“整形整出来的罢了。”

嗨，原来是这样啊。众人兴致全无地接着往下看，结果被接下来出现的内容吓傻了眼。

“狩屋把香蕉放进我的那里……”

“变……变态啊！”翔打了个寒战。

“那……那是因为她说……能吃香蕉，我想试试真假……”狩屋辩白道。

“怎么可能！”泰山大声怒斥。贝原在一旁异常认真地说：“如果不辞职，支持率绝对会暴跌。”

“因为这点事情就换人的话，政治家早被换光了吧。”

“不管心里怎么想，表面文章是一定要做的。”贝原的语气是前所未有地严厉，“好在宪民党也同时陷入了丑闻。”

“平局？”泰山说。

“怎么可能……阁僚和议员的分量完全不在一个等级。”贝原表示否定，“起用桃色丑闻在身的官房长官是会追究任命者责任的，这是国家层面的问题，跟浜畑那种小议员的丑闻根本不是一个级别。”

贝原的话一针见血。

“你觉得怎样处理才好？”

面对泰山的问题，贝原沉吟片刻。

“丑闻的处理需要仔细斟酌，并不是简单地引咎辞职就能解决的，需要准确评估舆论风向，而舆论风向的形成会受到媒体报道非常大的影响，所以首先要从媒体公关开始。”

“媒体，又是媒体，那群人特别烦人……”

在长年政治生涯中积累了不少经验的泰山显得有些烦躁。

“另外，还有一个问题。”贝原指出，“对媒体进行公关的人不是您，而是小翔。”

“啊？让……让我？！”翔瞠目结舌。

“除了你还有谁！”泰山斩钉截铁地说，看向贝原，“以最快的速度写好预测问答，贝原。翔，不管被问到什么，都只能重复那些答案。记住！”

“喊，我是牵线木偶吗？”翔表示反抗。

“木偶有什么不好？”泰山斜眼瞄着他，“匹诺曹最后成了人，你也给我好好地成人！”

“你搞错了吧，老爸，我从一开始就是人。”

“二十三点的新闻开始了。”贝原说着打开了电视。

“哟，声势不小嘛。”

屏幕上出现的是位于赤坂的宪民党总部前的景象。藏本，也就是艾丽卡，正面色铁青地被众多记者挤得东倒西歪，用胶带捆着的话筒摆在了面前。

“我党声明，”艾丽卡站定之后说，“将严肃等待警察的调查结果。”

“浜畑议员加入卖淫俱乐部的事情，您知道吗？”

“不知道。犹如晴天霹雳，我感到遗憾之至。”

“浜畑先生作为宪民党的国会对策委员长，如果被逮捕将如何应对？”

“警察正在调查事情经过，所以现阶段无法决定应对方案。”

艾丽卡回答得非常谨慎。

“党内将如何处分？”

“刚刚说过了，由于警察正在调查中，等结果出来之后……”

“有呼声说应该让议员辞职。”

“我想，这应该是浜畑议员要判断的问题。”

艾丽卡还在顽强抵挡记者们的追问。

“不要管记者了，赶紧钻到车里就好了啊。”

面对在野党的丑闻原本应该欢欣雀跃的泰山，此时却露出些许同情的表情。

“真是个能干的女儿！”贝原瞄了一眼翔，赞叹道，“跟某人不一样。”

“对不住了。”翔朝贝原瞪了一眼，接着说，“不过那些人真是跟鬣狗有的一拼，刚刚还一直在说处分处分的，到底想干什么？”

“简单说，他们想让议员引咎辞职。”贝原说，“宪民党的失态、道德沦丧、议员品格之类的报道很快就会铺天盖地袭来。”

“这不是别人的事，贝原。”狩屋垂头丧气地说，“明天就轮到我了。”

这时，贝原的手机铃声响了。

“不是明天，就是今天了，狩屋先生。”结束短暂通话后贝原说，“据说已经有二十几个记者来到首相官邸，说要采访这件事。”

“已经来了吗？”泰山激动地欠起身来喊道，“怎么办？小狩！”

“兵来将挡，水来土掩吧！”

狩屋大义凛然地站起身来，脸上一副英勇赴义的表情。

“我去了，泰桑！”

“你准备怎么办？”

“把事实说出来！”

事已至此，已无选择了，大概已经看透了现实，狩屋爽快地说完，脸上挤出一个勉强的笑容。

“我，狩屋孝司，自己种下的恶果自己承担！”

狩屋向后退下一步，保持着直立的姿势不变，郑重地对泰山道：“给您添麻烦了。”

“小狩……”

面对凝噎的泰山，狩屋深深地鞠了一躬，以军姿向右转后，迈着如同机器人一样僵硬的步伐，背影消失在首相官邸的那扇门外。

2

政界接连曝出的丑闻成了综艺节目的热门话题。

电视屏幕上是昨夜在首相官邸接受采访的狩屋，目前，对在电视上承认有男女关系问题的狩屋，舆论是一边倒地猛烈抨击。

“小狩不容小觑嘛，老公。”

泰山被桌子对面的绫紧紧盯着，不觉浑身起了鸡皮疙瘩，大概是因为心虚，“吭吭”咳了起来。

“啊，好脏啊！老爸，把饭粒都喷到我头盔上了吧！”

“谁管你。”泰山说，“小狩都火烧屁股了。”

“跟饭粒有什么关系……”翔正说着，只听——

“你承认自己的过错吗？”格外尖锐的声音传来。

只见综艺节目的一位人气记者正举着麦克风质问。

“连那种人都来了？明明对政治一点都不关心……”泰山皱起了眉头。

“这些人不是关心政治，是对八卦丑闻感兴趣啦。”绫说，“你打算怎么办？要辞退小狩吗？”

“开什么玩笑。”泰山说，“这种情况下如果连小狩也不在了，后果不堪设想，武藤内阁就没有明天了。小狩是最后的堡垒，你明白的。翔，一定要小心翼翼，突破现在的困境。”

“什么小心翼翼，明明是自作自受。”翔不耐烦地说，“今天的公司可是我的第一志愿，老爸你才要小心一点，别把面试给我搞砸了。”

“包在我泰山身上吧。”

“全都落选了吧？”翔说，“银行方面没有回音，其他公司的面试也都落空，我将来怎么样都没关系，是吗？”

“听着，翔，有些事情我想问问你。”泰山忽然正经起来，“你真的想做公司职员吗？”

“是啊，真的想。”翔认真地说。

“那我那些选区怎么办？”

“谁知道……”翔回答，“总不能为了继承选区硬着头皮当候选人吧？再说，正因为有这样的想法才会被人说是‘政二代’啊，世袭啊什么的，又不是戏曲世家，政治家子承父业本身就很奇怪，你居然对这件事一点质疑都没有，这境界也是到头了。”

这也是翔以政治家身份度过这几日的感受。

“连汉字都不会读的家伙口气倒是不小嘛。”泰山挖苦了一句。这时电视切换了画面，小中寿太郎那张肥脸占满了整个屏幕。

“官房长官竟然做出这种事情，真是可悲可叹。”一张口便是鄙夷的口气，“居然让这种人处理国政，真是令人难以置信啊！不会读汉字的首相加上醉酒大臣就够了，这次居然还出了个香蕉官房长官，真是难以想象……”

“小中那个浑蛋！自己的私生活更不堪入目！”

这时，敲门声响起，狩屋出人意料地出现在面前。

“小狩！没事吧？快进来，一起吃饭！”

“谢谢！泰桑，不过现在没有这个心情，还是不要了。”

“那就喝口茶吧。”

面对睡眠不足与压力之下憔悴无比的狩屋，泰山招呼他赶紧坐下。

“知道你不容易，打起精神来！”

“我很精神的。”

狩屋露出一个勉强的笑容，硬着头皮佯装坚强，泰山不禁心疼得皱起了眉头。

“想哭的时候就哭吧。”泰山说，“我们是朋友，在朋友面前就不要逞强了。”

“我很想哭啊，泰桑。”狩屋说，“不过这是我咎由自取，是我自己不好。泰桑有此心意，我很开心，不过我还是一国的官房长官，官房长官不能哭。”

“你啊……”泰山眼里泛出浅浅的泪光，喉咙哽咽了一声，“令人佩服！”

“是可怜吧！”

翔在一旁打岔，被泰山狠狠瞪了一眼。

“没关系的，泰桑，这毕竟是事实。”狩屋语气寂寞地说，“我已经无所谓了，现在解决泰桑和鹤桑的问题才是更重要的。藏本嘛，就不管他了。”

“真是的……”泰山说，“现在只能靠你了，小狩，拜托你了！”

“我知道的！我们走吧，小翔。今天上午九点半开始党内首脑会议。”

“真没办法。”翔扒了几口饭站起身来，“出击！狩屋叔！今天也拜托你了！”

翔说着伸出手指做了个出发的姿势，泰山着实担心地叹了口气。

“你要好好干哪，翔。”

“老爸才是，今天拜托你了！”翔一边把胳膊伸进衬衫，一边说，“别搞砸了。”

“这是我的台词吧。”

泰山说完目送翔和狩屋二人走出房间，自己也站起身来。

“我也准备出发吧。”

“哎？现在就要走吗？很早嘛。”绫说，“对了，你是不是忘了什么事？”

“什么事？”泰山心里一惊，停下脚步佯装不知。

“钱呀！别跟我说你忘记了，到底什么时候给我！”

“我当然记得……”泰山露出为难的表情，“只是，你也看到了，我现在忙成这样，再等等吧。”

“再等等是要等多久？”

“再等等就是再等等了……”泰山含糊地应付着，看了看手表，这时内线电话响起，是贝原到了。

“装糊涂是不管用的！”

“我说给你就一定会给！”泰山不耐烦地说。

老婆到底是什么时候开始变得这么贪得无厌的。“我泰山一言九鼎，先走了！”

绫再次开口之前，泰山赶紧逃开，朝玄关处的贝原走去。跟这里比起来，出去面试要舒服上百倍了。

3

“贝原，我们今天要去的公司是哪家？”

车子发动后，泰山问道。

“一家叫作‘AGRI SYSTEM’的公司。”贝原把翔交给他的资料里的公司名一栏指给泰山看。

泰山盯着看了看，抬起头来问道：“是什么公司？”

“看资料的话，好像是农业公司。”

“什么？农业？”泰山吃了一惊，“难道翔要去做农民？”

“好像是一家生产和销售无农药食品的公司。”

夹在资料里面的宣传页上，是合作农家耕种的各种蔬菜田和收获时的风景。

“哦？”泰山感叹道，“翔这个家伙，倒是选了家不错的公司嘛。”

“实在不像是先生的儿子。”

贝原说漏了嘴，被泰山瞪了一眼，佯装咳嗽一声换了话题。

“哦，很难得地写了入职理由，我来读一下——是前些天的事情。受到朋友邀请，说有一家很好吃的和食店要不要去试试，去了竟然吃到了有生以来从没吃过的美味蔬菜。它是绿色的，有着大概十五厘米的细长叶子，两边还带着小小的锯齿，放进嘴里有一股清透的甘甜，美味到只能用一个词形容，那就是‘好吃’！于是我问吧台后面的主人，这到底是什么蔬菜？结果，答案是——菠菜。”

“哦……”

泰山和贝原乘坐的汽车在霞之关的官厅街上飞驰，泰山坐在后座上百无聊赖地听着，不知不觉被吸引住了。

贝原继续念道。

“菠菜原本就是这个样子的，店里的主人这样告诉我。在那之前，我只知道菠菜是圆圆的叶子，嚼在嘴里还有一些苦味。到底为什么菠菜会如此美味呢？难道最本真的菠菜从大家餐桌上消失了吗？这就是我对贵公司感兴趣的开端。随着调查，我渐渐对农家所处的悲惨境况有了越来越深的了解。很多蔬菜，因为在价格战中失败，最终被贱卖了。那些大量使用农药、只顾外表诱人、种植成本越低越好的蔬菜，仅凭价格，就把那些传统方法种植出来的蔬菜从超市的货架上赶了出去。”

贝原抬起头来，“非常有意思啊，他可能不是个笨蛋呢。”

“你总是话很多啊，贝原。”泰山“啧”了一声，“继续。”

“随着调查的深入，我了解到不仅是菠菜，还有西红柿、白萝卜、胡萝卜，我们日常生活中目光所及的蔬菜全部不再是它们原本的味道。很多人只是因为价格便宜，正吃着没有菠菜味道的菠菜，没有胡萝卜味道的胡萝卜。也许由于现在的日本经济不景气，工资下滑，人们的生活正变得越来越辛苦，我想很多人都在尽可能地节约生活开支吧。可是，我觉得即使在这样的情况下，也有一条底线是作为日本人、作为人类必须要守住的，那就是饮食。因为价格贵所以不买，这是没有关系的，但如果这个社会是因为不知道食物本来的味道而不买或者买不到，那么日本的饮食文化就真的不行了。所以，我想加入贵公司，将最本真的蔬菜的味道、米的味道、生产者的执着和坚持，以及那些正被人遗忘的日本饮食文化在世间推广开来。”

贝原读完静静地抬起头。

“先生，这相当不错啊。”

“要不以后让他替你写演说稿？”泰山叹了口气说。

“不用了，如果是演说稿，秘书业界虽然人才济济，但无人可与贝原我比肩。”

“开玩笑的。”泰山说着从贝原手里拿过打印出来的入职理由又看了一遍，“这家伙，什么时候……”忽然笑起来，看向了远处。

“这个公司，我也想让他去那儿。”泰山抬起头来说，“这样不就可以吃到翔种出来的菠菜了吗。”

“是的呢。”贝原重重地点点头，“加油吧，先生！”

“面试几点开始？”

“还有一个小时呢。”

“明白了。喂，贝原，在那之前把我面试要演讲的稿子写出来。”

“哎？先生，这要您自己思考的吧？”

“写演说稿不是你的工作吗？”

“演说稿是演说稿，可今天只是三分钟Speech之类的吧。”

“你把‘演说’用英语说出来听听。”

“Spe……啊！”贝原目瞪口呆。

“三分钟Speech用三分钟就能写完吧？那就拜托你再写个五分钟的Speech，不需要标假名。”

“这……怎么能？”

不再理会贝原的反抗，泰山脸上浮现出前所未有的满足，闭上了眼睛。

贝原叹了口气放弃抵抗，从包里拿出纸笔，想着面试的演讲稿到底该是怎样的，将视线投向了窗外。

4

车子刚一到达首相官邸大门前，便看到成群的记者正严阵以待。

“人可真多啊，狩屋叔，感觉一个个正虎视眈眈地看着我们呢……能活着进去吗？”

“你从车上下去，什么都不要说，直接冲过去，后面的事情交给我，小翔要做的就是平安进入官邸。”

“没……没关系吗？你一个人……”

“我……我会想办法的。”虽然嘴上这样说，狩屋还是脸色煞白，“好了，我们走吧！”

车子靠边停下，在后门打开的瞬间，翔说了句“我先走了”，作势向外走去。

那群记者一窝蜂地冲上来，翔很快被层层包围在了中间。

“让一让，让一让！”

便衣警察们想要冲开人群向里走，却听见某个记者喊了句“你们才要让开”，接着记者被毫不留情地挥了一肘打飞出了人墙。

为了把骂声连天的记者们排除在外，警卫们并肩组成了人墙，可那也不过是杯水车薪，起不了什么作用。

即使前面有人倒下，记者们仍像鲨鱼的牙齿一般层出不穷地从背后压过来。紧握着录音笔的记者们如同波涛汹涌的海浪不断袭来，其间摄像机不停地扫来扫去。

“总理，总理！”

“请您发表意见！”

“请履行说明义务！”

“狩屋先生被叫作香蕉官房长官，您怎么看？”

“关于任命责任您是如何看待的？”

面对这些如同机枪扫射般袭来的质疑，翔原本想要按照狩屋的交代不发表任何评论径直离开，可就在这时，不知是谁的一句话，让准备推开人群向前的翔停下了脚步。

“这是要逃跑吗？”

定睛一看，眼前站着一个表情凶狠的女记者，正觉得眼熟，原来是今天早上电视上出现的娱乐记者，仿佛她现在面对的正是女性们的公敌，脸上流露出一股杀气。

“逃跑？我有必要逃跑吗？”翔问。

“那么请回答问题。”

“你是谁？”翔问。

“记者村井美雪。”女子报上名字之后，迅速继续提问，“请问，任命有桃色丑闻的人担任官房长官，作为总理，您如何看待自己的失职？”

“失职？”翔问，“什么失职？”

“总理！”

这是狩屋的声音。他一边跟记者们纠缠，一边挥手招呼翔赶紧进去。不过翔无视狩屋的举动，转头看向了村井。

“真不凑巧，我对官房长官的私生活不感兴趣。”

村井立马横眉冷对，发出了歇斯底里般的狂吼。

“说句‘不感兴趣’就想混过去吗？！那是总理选出来

的啊！难道不应该向国民谢罪吗？！”

“任命狩屋是因为他有担任官房长官的实力。”翔斩钉截铁地说。

“什么实力？！”记者愤怒之至，面色铁青，“在情人怀里吗？！”

“那又怎么样？”翔毅然决然地回答。

“总……总理！！”狩屋喊着，以赴死的姿势从人群中挤到翔的跟前，面对村井低下头，“由于我的失德导致……”

“等一下。”翔把手搭到官房长官的肩上，阻止狩屋继续说下去，神态威严地看着记者们说道，“你们不要再做这种蠢事了吧！”

“你们的工作到底是什么？就是暴露别人的私生活，大肆宣传跟女人这样那样的事情吗？那是些什么玩意儿！有意义吗？就因为你们这些媒体太蠢，才会让国民也跟着变蠢！”

“总……总理……不要说了……”

狩屋脸色惨白想要制止翔。可是，一旦开了口，心中的愤怒和疑问就如同波涛汹涌而出。

“你们这些人到底是如何看待作为一名政治家的狩屋孝司的？”翔说，“狩屋难道不是一位非常称职的政治家吗？他做出了实实在在的政绩，没有人比狩屋更具有凝聚力，能让民政党上下团结一心的了！总之，狩屋是我武藤内阁绝对不可缺少的人！”

虽是转述泰山的话，翔却说得斩钉截铁，不容置疑。

“小翔……不对，总理……”狩屋感动得眼里涌满了泪水。

翔继续。“不，不光是我和民政党，狩屋官房长官是整个日本不可缺少的人！请你们好好想想，作为官房长官的狩屋有什么失职之处？评判政治家时要看的难道不是他们的功绩吗？我对狩屋私底下做什么从不过问，管他是香蕉还是苹果，关我什么事！你们这些人有时间写这些无聊的丑事，还不如多议论些有内涵的事情！把政治家的丑闻弄到报纸上大肆宣扬的只有日本吧！你们不觉得羞耻吗？！快醒醒吧！”

村井气到几乎要晕过去了。

“那么请问，总理是如何看待宪民党浜畑议员的事情的？”

村井一副志在必得的表情。她觉得在野第一大党的人气议员的丑闻一定会成为民政党的攻击对象。

“浜畑？哦，那个浜畑啊。”

翔忽然想起曾经在一次政治家的私人聚会上跟浜畑有过一面之缘，那时翔还是中学生，被父母带到聚会上，浜畑贴心地跑来跟百无聊赖的翔搭过话。

很多无聊的事情忘记了，不过在这紧要关头，想起来的却是这些温情时刻。

“他啊。”翔真诚地说，“不管是谁都有犯错的时候，大家都成熟一点吧。”

翔拨开面前哑口无言的人群，头也不回地走进了首相官邸。

5

现在的泰山，正在面试会场的大厅隔间里面对着两位面试官。

负责提问的男子四十岁左右，脸上戴着细框眼镜，显得有些神经兮兮。泰山刚一坐下，他便直截了当地开始提问。

“先说说你的入职理由。”

泰山不曾想过，对现在的年轻人来说，农业这么有吸引力，会场里到处洋溢着学生们的热情。场上有十几个用蓝色隔断分出来的隔间，后面的等待区域也聚满了等待着叫号的学生，几乎座无虚席。

泰山把翔准备好的入职理由复述了一遍，男子把眼镜向上推了推，一脸稀奇地看着泰山。

“真是不错的理由。”男子并没有感动，“不过，如果是这样的理由，也不是非要进我们公司吧？去其他同类公司面试过吗？”

泰山列举了几个同行或者相近的公司名，这是贝原让泰山特意记住的，说有可能会被问到，现在倒真是帮上了忙。

“包括贵公司，我还参加过几个农业体验研讨会。”泰山补充道。实际上翔确实参加过几个研讨会，“实施完全无农药栽培指导的只有贵公司。”

“不过，说实话，现在卖得并不好。”男子说，“在这种经济形势下，卖得一点都不好。我们虽然坚持了无农药，但是消费者买的仍然是残留农药的进口蔬菜。那个研讨会从某种意义上来说，不过是一种宣传方式罢了，现在就是这样的世道。你的志向非常感人，不过遗憾的是并不符合本公司的现状。”

翔听到一定会失望吧。不过，倒不如说泰山本人对这家公司改变方针走上现实路线而感到痛心。

“这样真的好吗？”泰山反问。

“什么意思？”男子不耐烦地说，“这是没办法的，毕竟是公司的方针。”

“你的意思是说已经放弃了把无农药蔬菜送到世人餐桌上的高大理想，对吗？”面对泰山的质问，对方没有回答。“真是令人难过。是准备进口国外蔬菜来赚钱吗？”

“我们毕竟是上市公司。”男子的回答索然无味。

“这样的话，不上市不就好了吗？就是因为想当大公司装门面，才会言行不一、自相矛盾的吧？”

“你说什么？如果不是上市公司你也不会想来吧！”

“我会来的。”

泰山坦然地说：“谁说我是因为公司上市才来的？我是因为对贵公司要把无农药蔬菜传递到餐桌上的想法深有同感

才来到这里的，谁知道你们的想法也太死板了，价格高所以卖不出去，上市公司才能招引人才，真是这样吗？不是的吧？”

一直在冒充翔的泰山，不知不觉中释放出了真实的自我。

“你到底想说什么？”男子的语气开始变得不耐烦了。

“我想说的是，因为不好卖，所以若无其事地把有农药残留的蔬菜卖出去的人，从一开始就没有销售无农药蔬菜的资格。”

“什么？！”

泰山意识到自己说错了话，不过已经迟了。“知道了，你回去吧。”

“你不说我也会回去的。”泰山站起身来，“不过，请不要让学生们太失望，他们是心怀期望才来的。嚷嚷着卖不出、太便宜之类的话，为了赚钱就转头去卖进口货，日本的饮食文化就没有未来了。你们所做的事情就如同在背叛日本人的心。贵公司的使命不就是把食物最本真的味道传递给日本大众吗？绝不使用一滴农药，把原汁原味的食品传递到餐桌上的行为里面存在着极其重大的意义，要为了眼前的利益而忘记最重要的事情吗？！告辞了。”

两位面试官默默目送泰山行礼之后离开的背影。

“浑蛋……”

男子阴沉着脸在面试评价上写了些什么，递给了旁边的年轻面试官。

“真的好吗？这个学生如此狂妄。”

“这我知道……”男子不耐烦地说，“只是，这样的家伙不录用，还要录用谁呢。”

6

“先……先生！”

回到面试会场外面的车上，贝原的表情僵硬无比。

只看一眼就知道一定是翔的事情，在询问理由之前，泰山脸色阴沉下来。

官邸前被媒体围在中间的翔和狩屋二人出现在电视屏幕上，看到那个正气势汹汹提问的记者，泰山皱起了眉头。

“体育新闻报道说她最近离婚了，”贝原说，“因为丈夫有外遇。”

“怪不得这么生气。”

“不过，可能不是因为这个吧。”

——你们的工作到底是什么？

贝原的回答与翔的发言几乎是在同时。

——就因为你们这些媒体太蠢，才会让国民也跟着变蠢！

“哇……”贝原不禁倒吸了一口冷气，“这下麻烦大了，先生，大麻烦啊！”

“这……这一定是幻听，贝原……”泰山弱弱地说，“快，告诉我这是幻听……”

——狩屋难道不是一位非常称职的政治家吗？

泰山耳朵里忽然传来这样一句话。

——狩屋是我武藤内阁绝对不可缺少的人！

“翔……”泰山不禁喃喃。

贝原木然地盯着电视，视线再也没有离开。

“这是把先生的话现学现卖了。”贝原说。

“确实。”泰山认真地说，“不过，虽然这样想，我也说不出口吧。”

——狩屋官房长官是整个日本不可缺少的人！

泰山身子一歪。

“笨蛋，这也太直接了……”泰山表情僵硬地盯着正和媒体孤军奋战的翔，“我……我可能一直以来太在意媒体和国民的眼光了。狩屋确实很重要，但是对狩屋说，和在镜头或者记者面前说是很不一样的。”

“真心话和客套话的区别吧。”贝原说，“因为是政治家，所以才会这样区分开来的吧，先生。”

“你的演讲稿里净是些客套话。”

——管他是香蕉还是苹果，关我什么事！

翔感情充沛地说。

——大家都成熟一点吧！

电视切换了画面，屏幕上出现了小中那张令人讨厌的脸。在他说话之前，贝原用手中的遥控器关掉了电视。

“法国前总统密特朗也曾被曝出婚外情，您还记得吗？先生。”

确实有过，泰山想了起来。

贝原继续。“当密特朗被记者围攻的时候，他非常直接地回击说‘Etalors’，翻译成日文就是‘那又怎样？’话题便就此结束了。”

“那是因为在法国，不管是不是政治家都不会擅自涉及私人问题，在美国就行不通了。”

“确实，比如说 DC 夫人事件。”

“是怎么回事？”泰山问。

“美国一家高级卖淫俱乐部被揭发，当时的纽约州州长埃利奥特·斯皮策就是其中的顾客，DC 夫人指的是那个卖淫组织的老鸨。”

“虽说是自作自受，不过当时斯皮策也真是凄惨。”泰山恍然想起，“原本是个很有前途的政客，好像还被曝出与证券和保险公司存在不法行为吧。”

“是啊，一旦曝出丑闻，就会对功绩视而不见，只有一边倒地炮轰，其间只有《经济学家》周刊维护了他，说用这种事情抵消他的功绩真的好吗？有必要为这种事情闹得天翻地覆吗？虽说大家都有言论的自由，但我觉得真正让百家之言有平等发声的机会才是媒体本来的职责。”

“你偶尔也能说些有用的东西嘛，贝原。”泰山说。

“先生倒是很少说。”

“我那不是不能说嘛，说得不好就是自掘坟墓了。”

泰山找了个没有说服力的借口。

“他倒是替先生把真心话说出来了。”

“是啊，替我说了，这个家伙……”

泰山的表情里既没有嫌弃，也没有怒气。

贝原见此情景“扑哧”笑出声来。

“先生，‘成熟一点吧’这样的话，您其实是想自己说出来的吧？”

“嗯……”泰山思考了一会儿，“确实感觉现在的日本太幼稚了。政治家有情人就不得了了，一提到增税就鸡飞狗跳，而且，又是要多给每个家庭实惠啊，又是要给高速公路降价啊，只关注这些眼前的利益。这样下去能行吗？现在的世风之下，根本不存在舆论，有的只是要求。现在的日本，有几个人投票是真的为了日本的将来？”

“感觉国民就只是国民，政治家就只是政治家。”

“而且秘书也只是秘书。”

泰山虽是随口挖苦，不过表情因此有了微妙的变化。

正当贝原想要反击的时候，手机铃声响起来，泰山从西装口袋里掏出了手机。

“是那件事。”真田单刀直入，“请到这里来。”

“知道了。”泰山简短回应之后挂掉电话，“去市谷。”

泰山不再说话。这辆乘载着总理和秘书的黑色汽车径直朝真田所在的防卫省驶去。

7

防卫省地下的会议室，满脸憔悴的翔和狩屋已经等在那里，刑警新田也和往常一样，一副惹眼的打扮守护在旁。

“老爸，面试怎么样？”泰山刚一露面，翔赶紧问道。

“那个……”泰山正不知如何作答，“请节哀。”贝原双手合十答道。

“不会吧？！”

翔呆住了，很快目光闪烁起来，“你让我怎么办？老爸！怎么会把事情搞成这样！”

“有很多原因啊……”

“很多原因是什么？”翔表示无法接受，“肯定又是以一副傲慢自大的样子做了演讲吧？！你不知道国会和面试的区别吗？连小小的面试都搞不定，还算得上是一国首相吗？！”

“好了，小翔……”狩屋弱弱地劝解，“泰桑一定尽力了。有些时候很难事事如意，是吧，泰桑？”

泰山没有回答，大概是明白了这种时候翔是听不进任何借口的。

“对不起。”

面对泰山难得的道歉，翔瞬间泄了气。

“什么嘛……我那么信任你，我可是替你拼命保护了狩屋叔……”

面对沮丧的翔，没有人能说出话来，气氛一下子尴尬起来。

“对不起啊，翔。”

泰山再次道歉，却没有把面试的详细经过说出来，他觉得说出来翔可能会更受伤。

“有什么消息？”泰山转向真田，直奔主题。

“从美国政府方面得到机密消息，从CIA内部盗出那项技术的嫌疑人已被锁定，刚刚被逮捕。”

“干得漂亮，这样就可以回到原来了吗？”翔惊讶地抬起头来。

“不，盗取技术的人只是被利用，主谋还没有锁定。”真田的表情依然严肃。

“被逮捕的人是谁？是恐怖组织的人吗？”

“不是。”真田轻轻摇了摇头，“被逮捕的是CIA的原情报分析局部长罗伯特·阿兰，是负责开发这项技术的在职干部。”

“CIA的在职干部？”泰山吃惊地说，“内部人犯罪？”

“动机了解了吗？”新田冷静地提出质疑。

“详细的情况还不了解，不过很可能是被收买了。”

“收买？情报机关的干部会为了钱以身犯险盗取情报？”

新田表示实在难以理解。没错，确实令人费解。

“也要看金额吧。”

真田继续说：“一千万美金。据说嫌疑人的银行账户里被汇入了折合成日元为近十亿日元金额的美金。”

大家屏住了呼吸。

“恐怖分子这么有钱啊？”翔问。

“听说基地组织的奥萨马·本·拉登是阿拉伯富豪，小翔。”狩屋说，“换算成日元的话，总资产有五千亿呢。”

“厉害……比我们还有钱，老爸。”翔惊叹道。

“那是肯定，跟日本的小土豪完全不是一个等级。”

贝原又说走了嘴。

“谁是小土豪？”泰山瞥了一眼。

“不过，听说这次的出资者不像是一般的恐怖组织。”

真田又说出了新的情报。

“不是那些恐怖组织，那是什么？是哪个浑蛋国家？”

真田 脸严峻的表情。

“确实，说到恐怖袭击，我们脑中浮现的就只有极端宗教啊，国家发起的军事行动之类的。不过，这次哪个都不是，而是——企业。”

“什么？企业？”实在出乎意料，泰山目瞪口呆地问道，“是什么企业？”

“只知道是制药公司。”真田把美国传递过来的情报讲给大家听，“盗取情报的罗伯特·阿兰对向自己支付了巨额报酬的匿名人士一无所知。阿兰和匿名罪犯接触过二十次以上，其间他给其中一人装上窃听器想要确定对方的身份，无奈窃听器很快被发现。不过虽然时间很短，但还是留下了关于某药品疗效状况的对话，目前 CIA 拿到录音正在展开调查。”

“也就是说，如果能够确定该药品属于哪一家制药公司，就能确定幕后黑手了，是吧？”泰山说完，歪了歪头，“即便如此，为什么会是制药公司呢？”

8

“是吗？对于那家制药公司来说，那一定存在着巨大的利益。”

第二天早上，首相官邸的餐桌旁，听到泰山口中从真田那里得知的事实，绫这样说道。

“什么意思？”泰山抬起他戴着头盔的头问道。

“就算是你跟翔交换了脑电波吧。”心中还是不甚相信的绫用怀疑的眼神看着泰山，“接着鹤桑和藏本先生也换了脑电波，对吗？那么对那个企业来说，必然是能获得相应的利益才会这样做的。”

“会是什么利益呢？老妈。”翔一边往嘴里扒着饭，一边问道。

“我哪里知道。”绫说，“不过既然能做到这个地步，那家制药公司肯定是能获得相当巨大的利益，能赚大钱才会这样做吧。”

“我现在一点头绪也没有。”泰山说道，“为什么我们交换脑电波的事情会跟制药公司的利益联系在一起呢？”

“这种事情你问我我也不知道，老公你自己想想吧。”

绫话音刚落，便听到“咚咚咚”跑上台阶的脚步声，贝原没敲门就闯了进来。

“先……先生！您看报纸了吗？”

泰山瞥了一眼餐桌上叠放着的报纸。

“不想看。”

首相官邸订了《全国报》和《经济报》等四份报纸，每份报纸上的头版头条都是香蕉官房长官与武藤首相的“狂言”，令人郁闷到翻都不想翻。

“等热度降下来再说吧。”

“先生，不是悠闲的时候呀！是共和党，共和党！”

贝原的话出人意料。

“共和党怎么了？”

“支持率上升！”

“什么？！”

泰山手里筷子都没有放下，赶紧接过贝原递过来的报纸。

“呀，真的啊！”

“是吧！不仅仅是上升，宪民党已经被反超，直追我们而来啊。如果现在解散议会，共和党绝对增加不少席位。现在报纸上对民政党各种抨击，宪民党也受了挫，我们很可能会被共和党借机反超啊。”

“大事不妙啊。”泰山说，“贝原，如果现在宣布解散议会的话，结果会如何？”

“好的情况也是险胜。照这样下去，被共和党夺去第一大党的位置也未可知啊。”

“真是祸不单行！”

泰山正骂着，旁边的绫开了口。

“老公，会不会，就是这个？”

听闻此话，泰山和贝原不解地抬头看向绫。

“什么意思？”泰山问。

“也就是说，让执政党、民政党和在野党第一大党宪民党的支持率下滑，以提高共和党的支持率，这就是恐怖分子的目的吧？”

“就算共和党支持率上升，恐怖分子又能得到什么利益？”泰山正要反驳，只听到“等一下，先生！”贝原从包里掏出小型笔记本电脑，当场连上网，打开了共和党的网页。

“贝原，你有线索吗？”

“先……先生，你看，不会就是这个吧！”

贝原把电脑屏幕转向泰山。

“这是什么？不就是那些人老掉牙的宣传语吗？”泰山说。

翔也凑了过来。“到底有什么问题啊？”

“这宣言里面，有一段话对美国制药公司好处巨大。”

贝原指向宣传语中的一条——大幅度放松药品许可标准。

“啊——”泰山大叫一声，目光停在那里一时无法离开。

“怎……怎么回事？老爸！”翔不解地问。

泰山右边眉毛一挑，不屑地说：“翔，你还不明白吗？贝原，解释给他听。”

“老爸你也不明白吧！”

“闭嘴！”

贝原无奈地看着这一对父子，开了口。

“我国的药品可以说是处于闭关锁国状态，我们正在用的药品对于欧美来说早已经过时了，这是因为新药许可标准存在着问题。”

“新药许可？”翔装明白，“哦，那是保健所的工作吧？”

“说什么呢，批准许可的是厚生劳动省。”贝原继续解释，“在日本，新药是不能随意贩卖的，新药开发完成后，首先要向厚生劳动省提交数据，申请准许贩卖。”

“为什么？”

“因为随随便便贩卖药品的话，会有可能出现药品中毒的问题。”贝原说，“现在的机制是由政府进行切实监督，只允许真正安全并且有效的药物在市面上流通。”

“原来如此，这个机制很好啊。”翔的反应很单纯，“这对于防止药品中毒很有必要啊。”

“嗯，确实如此，不过厚生劳动省的官员就不是这样想了。”贝原继续，“他们最怕的不是药品中毒，而是害怕在药品诉讼中败诉，给自己抹黑。所以只要觉得有一点点危险，就会判定为不可销售。结果，原本为了保护国民不受劣质药物之苦的制度，反而生出了新的弊端。”

“弊端？”翔问道。

“就拿接种疫苗来说吧。”

不愧是在以前的演说稿中总结过，贝原对此事了解得非常清楚。

“比如，日本最近批准的美国 WYETH 公司的肺炎疫苗在美国获批已经是十几年前的事情了，我国是全世界第 98

个批准的国家，就是如此滞后。”

“也就是说，在这期间，好不容易有新的疫苗开发出来，可我们却一直在用旧的疫苗？”翔问道。

“是的。欧美已经在使用了，日本却由于这些原因用不上。这可以称作药品滞后，欧美正使用的药品中，有20%在日本是未批准状态。而且，一个很大的问题是，其中有很多是抗癌药之类关系到患者生死的药品，官员为了明哲保身而牺牲众多患者的生命。”

“都到了这种程度还只顾自保？真是无法想象！”连翔都觉得不可思议。

“关于药品诉讼，国家一直是败诉，所谓一朝被蛇咬，十年怕井绳吧。不过，不仅仅是为了自保，坊间也有说是为了保护国内的制药公司。”

“既然事情这么明白，民政党放松新药许可标准不就行了吗？”

“那是……有各种原因的啦。”

贝原忽然闪烁其词。

“毕竟受到了制药公司的不少照顾。”泰山说。

“说到底，民政党跟审批的官员不就是一丘之狸嘛！”翔说。

“不是狸，是貉。”泰山纠正，“毕竟我们也要活下去。”说得非常理所当然。

“都要害死人了还这么狂妄自大，真的好吗，老爸？这还称得上政治家吗？”

“这就是政治家。”贝原说。

“有这种想法，活该成为恐怖分子的目标！”翔说，“这叫自作自受！不过，把我也卷进来就另说了！然后呢？接着说！”翔问道，瞳孔里闪烁着愤怒的火焰。

“对于新药批准，不仅是民政党，宪民党也持谨慎态度。”贝原说。

“也就是说，不管是哪个党都与对方制药公司的利益不符？”

“没错。”贝原点头，“不过，如果共和党在选举中获胜取得政权的话，日本的新药批准进程会立刻加速吧。一直封闭的日本药品市场一旦打开，对于欧美制药公司来说，简直是千载难逢的商业机会，必然会产生巨大的经济利益。”

“这也就是敌人的目的吧？”

“恐怕是的。”

贝原神情严肃地说完，翔一时陷入了沉默。

“无法原谅。”翔张开口，冒出了这样的话，“不管是谁都只关心自己的利益，这样真的好吗？！”

“世界就是这个样子的呀，小翔。”贝原说，“不是靠漂亮话就能活下去的。”

“什么漂亮话！”翔不屑地说，“政治家不为国民考虑，就不叫政治家！应该叫打着政治的幌子开黑店！那些人有说漂亮话的资格吗？”

翔把椅子往后一蹭站起身来，摘下头上的头盔开始穿衣服。

“走吧！贝原。”

“去哪里？”贝原瞪大了眼睛。

“国会啊。我的稿子准备好了吧？别再让我说那些酸腐生硬的台词了。”

“我已经标上假名了。”

“哦。”

翔瞥了一眼贝原递过来的稿子，把它一卷塞进了西装口袋里。

“再见，老爸，黑店政治长久不了的。”

默然看着跟随秘书离开的翔的背影，泰山深深叹了口气。

“这自以为是的样子，别又失言了……”

“是吗？翔没有说错话吧？”

刚刚一直沉默不语的绫直起了腰，把茶杯慢慢地放到嘴边。

“他还说什么让人家成熟一点……”

泰山的语气里带着与往常不同的平和，脸上浮现出一抹寂寞的笑意。

“老公，你其实也不觉得这是失言吧。”

“算是吧。”短暂的沉默过后，泰山回答道。

绫看着这样的泰山微微一笑，“看着现在的小翔哪，让我想起很久以前我喜欢过的那个政治家。”

“你喜欢过的政治家？”泰山问。

“是呀。那个人刚正不阿，最讨厌不正之事，是真的想依靠自己的力量改变日本的未来。他感受到世间的诸多不易，一个人不断努力着想要解救在受苦中挣扎的国民们。”

“有过那么伟大的政治家吗？”

“嗯。”绫直直地看着泰山点点头，“即使没有发生这次的恐怖事件，那个人也一定会最先推进新药批准制度的吧。明明有先进的新药，却因为害怕诉讼而不予批准，这跟间接杀人是一样的呀。那个政治家一定会把保守官员一脚踢开。可明明还是同一个人，那个政治家现在却只把国家利益挂在嘴上，实际上优先考虑的是党派利益和策略。不过，我想他一定还没有忘记，是吧，老公，武藤泰山曾经是个一心为民的政治家吧？我喜欢那个时候的你。”

泰山喉咙“咕嘟”一声，说不出话来。

第六章　吾辈民王

1

站起来提问的是共和党的冬岛。他的额头在灯下油光发亮，银边老花镜反着光，让人看不清镜片下的眼神。他右手攥着今晨的报纸，脸上带着嘲笑的样子实在令人生厌。

“总理，继前些日子刚刚任命的江见前大臣发表了不当言论之后，这次狩屋官房长官也被媒体报道出与其身份不符的事情，请问您是如何看待此事的？”

“狩屋叔，那人是笨蛋吗？又问跟前面相同的问题，刚刚没听到吗？”

翔对冬岛的问题置若罔闻，小声抱怨着。

“现在是党首出面作为预算委员会的提问者了，小翔。”狩屋低声提醒，“他们会紧紧抓住一个问题不放，要小心。”

这场一早开始的众议院预算委员会的答辩，算上午饭时间已经过去了八个小时，可是，各个党派提出的问题基本都是围绕着狩屋的丑闻。只有宪民党就高速路建设提出了一个像样的问题，那也只是因为自己党内有个涉嫌买春的议员，不想引火烧身罢了。

站起身来的翔从贝原准备好的预测问答集中重新挑选语句。

“对于这一点，我认为这是狩屋官房长官的私人问题。”

浑蛋，贝原这个家伙，居然连“认为”两个字都标上了假名……

翔瞥了一眼坐在墙角的秘书。

“私人问题？那种事情是能用一句话敷衍的吗？”冬岛一副瞧不起的表情，“至少民众不是这么认为的，总理，看一看报纸就明白了吧？”

冬岛把手里的报纸用力挥了挥，“既然如此，我想问问总理，您知道现在街头巷尾都在议论的香蕉官房长官是谁吗？”

“你就是为了这种无聊的问题才来的吗？”

翔双眼冒火地盯着这位在野党党首，把贝原的稿子用手一卷塞进口袋里。

“我不认识叫香蕉的官房长官。”

贝原脸上明显一阵抽搐。

不出所料，对峙而立的冬岛立刻变了脸色。

“国民就是这样叫狩屋官房长官的！”冬岛继续唾沫横飞地说，“在这种时候还装作不知道，国民会接受吗？总理现在的想法与民意相差甚远了吧！”

翔向前一步，对着话筒说：“我不这样认为。”

“总理！”冬岛做出一副痛心疾首的表情，“这样是无法完成答辩的。面对国民，难道不应该给出更具体的解释吗？”

“我不认为有讨论狩屋官房长官私人问题的必要。”

翔回答得干净利落。

“总……总理，我的稿子……”贝原弯着腰凑过来小声说。

翔选择了无视。

“面对闹到如此沸沸扬扬的事态，居然没有解释，甚至拒绝回答，这简直是对民意的践踏！总理对此是如何看待的？”

不仅是共和党议员们，其他在野党的议员也一并鼓起掌来。

“小……小翔！！”

翔一回头，看到狩屋站在斜后方，面色惨白。

四面楚歌。

“总……总理……”贝原在背后再次提醒，“稿子……”

“闭嘴，贝原！”翔朝身后低声喝道。贝原瞪大了眼睛。

“可是如果继续下去的话，又会出现失……”

“说什么民意！别开玩笑了！”

贝原的话还没结束，翔已经朝着话筒怒吼起来。

这意想不到的反应让冬岛瞬间涨红了脸。

“这是不当发言！”

“道歉！”

面对纷至沓来的指责，翔大喝一声“闭嘴”，眼神炯炯地瞪着眼前的这些人。

“这里是预算委员会吧？”翔说，“这里本该是讨论日本国家预算的场所，可是到现在为止问的都是些什么？净说些香蕉不香蕉之类跟预算完全不沾边的无聊问题！简直是胡闹！狩屋已经道歉了吧？人都有犯错的时候……”

翔的语气像是在循循善诱某个不明事理的朋友，“想一想，你们到底是为什么成为国会议员的？是为了问这些无聊的问题吗？听好了，民意跟什么香蕉不香蕉的完全没有关系。民意应该是希望国家更美好，经济越来越景气。可是看看现在，媒体在一旁煽风点火，党首出来讨论所谓的香蕉问题，纯粹是在浪费时间！你们不觉得羞耻吗？我再说一遍，这里是讨论预算的地方。对你们来说，香蕉难道比预算更重要吗？赶紧出去清醒清醒再回来！还有问题吗？”

“太不像话了！”

“撤回你的发言！”

委员会上一片狼藉。

“小……小翔……”狩屋绝望的呻吟声混杂在其中，“完……完了……”

“武藤内阁已经完蛋了！”委员会结束后，贝原满脸愁容。

“大惊小怪的干吗？”回到国会休息室的翔满不在乎地说。

“这是大惊小怪吗？”贝原竖起了眉毛，“你那样的发言肯定会出大问题的！很可能会出内阁不信任议案！不仅如此，还有可能出现国政停滞，我们的政权运营能力将受到质疑，刚才的情况明明随他去就好了。”

“谁要管这些。”翔生气地说，“都被说成那样了还唯唯诺诺！不给他们点厉害看是不行的！”

“不是这个问题……”贝原急不可耐地探过身子。

“喂！泰山！”瓮声瓮气的声音响起。

民政党老大城山和彦走过来，一屁股坐到了翔的身边，因为愤怒而涨红了脸。

“我刚刚听说了。你打算干吗？”

城山不是阁僚，所以没有出席预算委员会。不过，翔的发言已经传到了他的耳朵里。

“嗯，实在是气不过。”翔说。

“气不过就可以了吗？！你的使命是审时度势召开解散议会继而进行总选举吧，为此你要尽可能提高支持率才是上策，现在支持率急转直下，怎么办？”

“会下跌吗？就因为这种事？”

“会！”

“会！”

城山和贝原二人异口同声。

“是吗？那就没办法了。”

“不要胡闹了，泰山！”城山咬牙切齿地说，“你一贯的坚忍哪里去了？”

“我明明没有说错，但支持率还是下降，那也没办法了。”

“你听好了……”城山用手臂环住翔的肩膀，一股难闻的烟味袭来，“现在跟你说这些相当于班门弄斧，正确与不正确跟政治没有半毛钱关系，最重要的是眼前的选票。对于以政治家为职业的人来说，拿不到选票就是失职。泰山，你的心情我可以理解，不过请立刻把狩屋革职吧。”

守在一旁的狩屋听闻此话，发出一声细不可闻的悲鸣。

“照这样下去，没有办法突破现在的困局。”城山斩钉截铁地说，“挥泪斩马谡吧，泰山。”

“贝原，”翔一脸认真地看着贝原，“流着眼泪切马肉是什么意思？”

“不是马肉，是马谡。意思是为了守住规矩，即使再喜欢某个部下，只要他破坏了规矩也要予以处分。”

“原来如此。”

翔终于领会了意思，正在思考的空当，“小翔啊，不对，泰桑，”狩屋轻声说，“还是把我革职了吧，我不想再因为这些事情给大家添麻烦了。总理，请下决心吧！”

不知何时，其他的议员也注意到这里的动静，在远处观望着。提出辞职的狩屋就像在荒野里彷徨了三天三夜的旅人一样憔悴。

“知道了。”翔终于开了口，“不过，到时候我也一起辞职。”

狩屋不知作何表情，一句话都说不出来。

“真……真心话吗？泰山！”城山瞠目结舌，“有必要连你也辞职吗？这样不就正中在野党的下怀了！你是想把民政党的席位挪到左边去吗？”

按照国会惯例，执政党议员们的席位是在讲坛看过去的右手边，挪到左边的意思就是降格为在野党。

“关键是峰会要怎么办？峰会！”

城山气得脸颊颤抖起来。重要国家首脑会议迫在眉睫。时隔八年终于成为东道主，准备工作也基本完成。“就算你现在辞职，立即开启总裁选举，时间上也来不及了。东道主国家的首相竟然在会议即将召开前辞职，日本的面子彻底毁了。如此一来，民政党更难取得国民的信任，之后重新举行大选的话，结果不想而知！”

“那要怎么办？”翔问。

“是你要决定的事情吧！问我有什么用！”

“嗯，确实如此。”

听到这若无其事的反应，城山叹了口气，“无药可救了　　”

“对不起，都是我的错。”狩屋低下了头。

“事到如今也没有办法了。”城山苦着一张脸，“现在最大的威胁是共和党。”

不愧是一党领袖，城山对形势变化非常敏感。

“还有，据说预算委员会开会的时候，浜畑被警察带去调查了，你们听说了吗？”

翔点点头，刚才开会的时候，有人递了字条过来。

“刚刚听一个警视厅记者俱乐部的记者说，浜畑那个家伙说了些奇怪的话。”

“什么奇怪的话？”狩屋问。

“他说自己不是浜畑。”

翔跟狩屋对视了一眼。

“痛痛快快地承认了还能留点好印象。这下他和宪民党统统完蛋了。”

说完，城山带着复杂的笑容转身而去。

2

“把藏本的电话号码给我，狩屋叔。”

翔目送着城山的背影说道。

“要做什么？小翔。”

“肯定是打电话啊。”

“哦，是吗，等一下。”

翔拿出手机按下了狩屋告知的号码。

没有接通。

“打议员会馆的固定电话吧。”

这次，电话另一端传来了低沉而嘶哑的“你好”。

“是艾丽卡吗？”翔问。

“武藤君？”

声音虽然没有变，不过对话瞬间轻松了起来。

“现在怎么样？”

“太惨了。”艾丽卡回答，“之前好不容易渐入佳境，结果关键时刻掉链子，软塌塌的。”

“你到底在干什么！”

“既然都这样了，还不好好享受一下。”艾丽卡心有不甘地说。

“是做这种事情的时候吗？！”翔压低了声音接着说，“还有啊，你听说了吗？浜畑那个浑蛋的事。”

“那可不是听说那么简单。”艾丽卡厌烦地说，“听说在警察面前拒不认罪，简直闹翻天了。你要说的事情我也知道，恐怕也是恐怖分子干的好事。我调查了一下，浜畑一个星期前也去看过牙医，不过现在那家诊所人去楼空，是个空壳。从警察的调查情况来看，浜畑注册卖淫俱乐部也是那个时候。因为我跟武藤君不一样，实在太优秀了，达不到袭击的效果，所以让恐怖分子狗急跳墙了吧，才会出此下策把浜畑的脑电波跟不知道什么人交换了。被换过来的那个家伙还用浜畑的身份为所欲为了一番啊。宪民党真是大受打击呢。”

“还是这样招人讨厌的性格啊，艾丽卡。你跟‘软塌塌’还真是般配。”

翔接着把美国政府方面的消息告诉了艾丽卡，顺便加上了贝原对共和党宣言的分析。

“共和党吗……”电话的另一端，艾丽卡沉默了一会儿，“是真的吗？”艾丽卡问道。

“你想到什么了吗？”

艾丽卡没有回答，像是在思考什么。

“这话不适合在电话里说。”艾丽卡终于开了口，“武藤君，你现在在哪里？”

“国会休息室。”

“我去你那里也行，不过太显眼了吧。要不，来我这里吧？第一议员会馆605房间。”

“好。”

盖上手机盖子，翔站起身来。

“要去哪里？”狩屋问。

“去跟艾丽卡谈谈，听说她有些线索。”

“等一下，我也去！喂，贝原，你也来。”

三人一起走出了国会议事堂。

“比泰桑品位好多了啊。”

走进议员会馆里藏本的房间，狩屋看着周围的家具不禁感慨。

“我换过了。”艾丽卡把三人迎进来，“之前太老气了。”

“哇，这沙发不是柯布西耶的吗，很贵吧？”

不等艾丽卡说话，翔便坐到三人沙发上，感受感受沙发的弹性。狩屋也学着翔的样子试了试，再次感慨道：“真是浪费税金啊。”

“那是我自己出钱买的好吗。”艾丽卡说。

“那就一定是浪费政治捐款了。”这次是贝原。

“你们还想听我说话吗？”艾丽卡一脸凶巴巴的样子抱起了胳膊。

翔正经了起来，“你要说的是什么？”

艾丽卡不高兴地坐到对面的椅子上。

“刚刚你说幕后可能是欧美制药公司，是吧？我听了这话想到了一些事情。”

“等一下。”

翔抬起手制止。“在这里说会被对方知道的。”

“没关系，换家具的时候我找专业公司铺上了电磁波屏蔽层，可以完全屏蔽所有电磁波。”

“啊，是真的，”贝原把手机从口袋里掏出来之后说，“没信号。”

“所以刚才手机打不通，”翔恍然大悟，“干得不错，艾丽卡。”

“那是当然啦，人家只要决定了就必须一步到位。”

一脸严肃的藏本操着女性用语说话的样子，实在怪异。

艾丽卡直奔主题。

“根据父亲的情报网得来的小道消息，怀疑共和党的冬岛党首违犯了政治资金规正法，传言称有一笔海外的巨额政治资金流入了共和党。”

“从海外？”

“这次事件幕后主使不是欧美制药公司吗？难道不觉得

奇怪吗？”

“共和党的冬岛会不会也牵扯到这次的恐怖袭击？”狩屋说。

“有可能。”翔说着，脑子里浮现出预算委员会上冬岛提问时那张讨人厌的脸。

“那个浑蛋，大概已经知道我们互换脑电波的事情了吧。”

3

翔在预算委员会上忍气吞声的时候，泰山正坐在车子里奔向面试会场。

一直陪在身边的贝原去了预算委员会，这次一个人面试难免有些心慌。

车子朝新宿方向开去。

“今天的公司是哪家呢？”

泰山把事前准备好的资料从文件夹里抽出来，惊讶地“哦”了一声。

是大型制药公司“日之出”的资料。

“是‘日之出’啊。”

泰山小声嘟囔了一句，安心地松了口气。这家公司他非常熟悉，给民政党带来了巨额的政治捐款。

"蔬菜之后是药品吗？那家伙到底想干什么呢？"

泰山抱怨着，翻开了里面的入职理由。

前些天，朋友约我去了横滨的一家重患医院。那里有很多不幸染上重病、需要在那里度过人生最后时刻的人，我们过去陪他们说说话、唱唱歌，希望能带给他们一些勇气。

这时候，一位患者说了这样一句话：

"如果日本能早一年有好的药物出现，也许就可以不用跟孩子们分离了。"

那是一位乳腺癌晚期患者，她有两个孩子，一个十岁，一个八岁。我在的时候，两个孩子一直陪在妈妈的身边，一刻都没有离开。那是一张充满了悲伤的笑脸。为了不让妈妈难过，两个孩子拼命忍住不哭。我从来没有见过那么悲伤的笑容。孩子们所遭遇的不幸要是能减少——哪怕只有一点点——该多好啊，所以，我想帮助那位母亲实现她没能实现的梦想。那位母亲的希望是AEROMILL——日之出制药的新药。有了这个新药，与那位母亲一样痛苦的很多人就能得救了。

新药的开发就是与时间的战斗，我希望能够进入贵公司，帮忙把新药传递到生病的母亲手上，这就是我的入职理由。

看着这些文字，泰山眼里泪水涟涟。

“真是个笨蛋，翔这个家伙……”泰山一个人眼含着泪水笑了起来，“写得不错啊，不知道什么时候悄悄长大了……”

泰山慌忙拿出手帕按住了眼角。

“你等着吧，翔。”泰山在位子上暗自发誓，“你的梦想，老爸替你实现！”

泰山进入面试会场之后，按照向导的指引来到摆有椅子的等待区。

据说因为是第三轮面试，所以学生并不多。翔已经通过两轮面试了。

“这次真的不能落选。”泰山竟然紧张起来。

大概等了十分钟，“武藤君，在吗？”有人来喊。

从等待的楼层出来，走到走廊尽头，那里有一个房间，门正关着。

“请进。”工作人员指了指那扇门便不再说话。也就是说，面试从现在开始了。

泰山沉默地点头表示感谢，做了个深呼吸，轻轻敲了敲门。很快听到里面有人说“请进”，泰山按下了门把手。

长桌后面坐着三位面试官。

对面是一把空着的椅子。

“你的名字是？”

坐在正中间的四十岁左右的男子负责提问。他身穿白色西装，体形肥大，宽大的额头下面一双很难看穿情绪的眼睛正盯着泰山。泰山脑子里浮现出《西游记》中猪八戒身穿西装的样子。

“我叫武藤翔，请多多关照。”

“请坐。”“猪八戒”说，“首先请说一下你的入职理由。”

“前些天，朋友约我去了横滨的一家重患医院……”

泰山感情充沛地复述了翔的入职理由。在国会上都没有如此尽力的泰山，结束后满意地挺起了胸膛。

可是。

“好的，谢谢。”

令人扫兴的没有丝毫感动的回应。“猪八戒”随手翻起面试资料看了看，“哦，你是民政党武藤总理的儿子吧。”自言自语地说着，“原来如此……”

不明白是什么意思，泰山看着面试官。

“哦，我本来就觉得不可思议，像你这种成绩不好的学生是怎么通过前两次面试的，现在我明白了。”

“对不起，请问是什么意思？”

虽然明白这不是自己提问的场合，但实在希望得到答案。

“我们跟民政党，应该说是互相帮忙的关系了。我们贡献捐款，民政党通过新药批准制度来保护我们这样的制药公司。”

“我不太明白您说的话。”

“你，脑子不好使吧？”“猪八戒”面对提问的泰山讽刺道。

“你所说的AEROMILL，欧美制药公司早已经研发出跟它相同药效的药物了。只是，如果进入日本市场，我们会遭受巨大损失，所以才让他们推迟批准的。”

泰山哑口无言地盯着对方。

“好吧，反正我们公司是不得不录取你的，就跟你解释一下吧。”“猪八戒”继续说，“新药开发是需要巨额投资的。投入了巨额资金，却有效果相同或者更好的海外药品获批的话，我们会很麻烦。为了防止这样的事情发生，我们会提供政治捐款来获得对国内制药公司的保护。”

“也就是说，如果厚生劳动省批准了海外的新药，就能拯救那位母亲，是吗？”

“能不能获救，也是因人而异的。”大概意识到前面的话说得不太合适，“猪八戒”含糊了过去，“不过，如果国内制药公司遭淘汰，厚生劳动省也很为难，毕竟他们有监督责任。若要不批准外国的新药，能找到很多理由，比如治疗数据不充分啊，有副作用报告啊之类的。美国新药批准太快也有弊端，会出现很多副作用明显的案例。有了这些案例就好办了，基于事实酌情处理一下就行了。”

“因为一句‘酌情处理’，失去了多少宝贵的生命！”泰山说，“为了日本公司的利益，那么多的母亲、妻子、女儿失去了生命，这样真的好吗？”

“所以你不来本公司不就好了吗！”“猪八戒”生气地说，

"你去其他制药公司就好了。他们肯定跟我们想法不一样，我只是表明了本公司的立场，毕竟我们要生存下去啊！"

"呸！什么烂公司！"泰山不禁骂出了声。

"你说什么？""猪八戒"顿时火冒三丈。

"有这样的烂公司，就有这样的烂面试官。"泰山说，"正因为有你们这种人，社会才会跟着烂下去。"

"我看你好像什么都不明白嘛。""猪八戒"嘲笑道，"你父亲是我们的伙伴，我们是民政党的赞助商。政官商携手振兴日本产业有什么不妥？"

"说什么鬼话！"泰山大喝一声，"民政党之所以维持现在的新药批准制度，是因为相信它是有益于国民的，不，是曾经相信。他们希望国民能用上没有副作用可以安心使用的药物，不是给你们这些腐败制药公司赚钱用的，你们太小看武藤泰山了！"

"是吗？连汉字都不会读的首相，懂什么！""猪八戒"轻蔑地说。

"不会读汉字怎么了？不会读汉字也应当知道是非曲直。"泰山说，"就算脑子不好使，但至少心没有坏，不能跟你们这群投机取巧的奸诈小人混为一谈。你们现在做的事情是对真正意义上的制药公司的亵渎，是对正义的挑战！跟间接杀人是一个性质！那些因为你们的利益而失去了母亲的孩子的心情，你们懂吗？告辞了，真是浪费时间！"

泰山噌地站起来，身后的椅子"啪嗒"一声倒地。泰山没有理会，头也不回地出了房间。

唉，又没忍住……泰山走出公司时想。不过，这样也好。就算进了那种公司，翔也是无法如愿以偿的。

泰山愤愤然地坐进车子，打开电视开关，收看他心里一直挂念的预算委员会的直播。

屏幕上，翔所扮演的自己正站在话筒前面结结巴巴念着准备好的稿子。

“一定要挺住啊，翔。”泰山在心中默默祈祷，“真是世事艰难啊。”

泰山叹了口气，看着手里的行程表，皱起了眉头。

“出席下午的课程。现代政治学。512 教室。”

上课老师是小中寿太郎。

“又要听那个家伙的废话啊……”

载着垂头丧气的泰山，车子向京成大学驶去。

4

“真是的，虽然我早就知道他们不行，不过武藤内阁的行事作风真够骇人听闻的。”小中寿太郎正说到兴头上，“不会读汉字的首相，配丑闻官房长官。官房长官如果是香蕉，那武藤泰山的脑袋就堪比西瓜了。西瓜首相配香蕉官房长官，啊哈哈哈！”

泰山在台下强压住怒火，喉咙里发出类似虎啸的呼噜声。

小中，你这个浑蛋，我让你再得意一会儿。

上课已经过去了一个多小时，这一个多小时对泰山来说简直是炼狱一般。他多少次想站起来痛斥，之所以忍住了，是因为上课开始前真衣一番特意的叮嘱。

“武藤君，不要再做上次的事情了。”真衣一看到泰山就坐了过来，郑重其事地说，“这门课不及格就要留级了，武藤君。”

“知……知道了。”

现在，旁边的真衣正时不时担心地看过来一眼。

“武藤君，没事吧？”

“啊，是啊。嗯，还行吧。”泰山表情僵硬地回答。

“不仅如此，以前觉得还行的宪民党也出了浜畑卖淫案。执政党是一群笨蛋，在野党也是愚蠢之至，照这样下去，日本就要灭亡了。”

小中把烟斗衔在嘴里，往椅子上一靠，双脚搭在了讲台上。

“还有，你们也看出来了吧，武藤泰山那是什么态度。不管他是不是要保住他的官房长官，居然把自己的责任放到一边，说什么媒体太蠢，把国民也带蠢了，这是什么话！应该是总理太蠢才把国民带蠢的吧！”

泰山感到“嗖”的一下，怒气冲上了脑门。

“武……武藤君……忍住啊，忍住。”真衣紧张地安抚。

“知……知道……”

可是泰山咬牙切齿发出的声音颤抖得如同八级地震的震中。

“还说什么要成熟一点。真是可悲，国民居然被连小学生都不如的人提醒说‘要成熟一点’，太可笑了吧！”

小中大笑的声音通过话筒在教室里回荡。

你还越说越起劲了。

忍受不了了！

“请问。”

还没来得及思考，泰山已经举起手站了起来。

“啊，武藤君！”

旁边的真衣想要阻止，可是来不及了。

“怎么，又是你啊。”似乎还记得上次的事情，小中不满地说，“又要问什么无聊的问题。”

“只有无聊的话题，才会引出无聊的问题。”翔带着怨念放肆地说。

“什么，你要吵架吗？”

小中把烟斗拿下来，怒气冲冲地盯着翔。

“您刚才说的话太浮于表面，我想听听您的真心话。”

“真心话？”小中把脚从讲台上放了下来，“你什么意思？”

“狩屋官房长官有情人，这和狩屋官房长官的工作能力不是同一个问题。”

“你说什么？”小中不屑地说，“寻花问柳的人有能力处理国政吗？”

“他处理得很好，而且狩屋官房长官也留下了不少政绩。有没有情人是他的私人问题。评论家和报纸揪住这件事，而完全无视狩屋官房长官作为政治家的政绩，这样真的好吗？”

“世界就是这个样子，道德败坏就直接滚蛋，就这样。”

“那么，小中先生也应该滚蛋，如何？”

“你说什么？！”小中眼睛里闪烁出怒火，“你到底要说什么？！”

“跟 Sirius 的杏奈最近怎么样？”

小中变了脸色。

“你……你在说什么？！”

“老师，听说您每个月给她五十万生活费，而且还买了公寓给她，每个星期过去住两个晚上。老师的道德到底在哪里？这种人居然还落井下石，抓着别人的辫子不放，口口声声高喊‘道德至上’，难道不是自相矛盾吗？”

不知是谁在鼓掌，不过旁边的真衣抱住了自己的头。

“你……你说什么，你……你这是诽谤！”

“到底是不是事实，要去跟周刊杂志说说看吗？”

台上的小中眼神警惕了起来，“有意思。你叫什么名字？”

“武藤翔。”

“武藤？”小中从胸前口袋里掏出笔来，忽然歪了一下头，“跟那个笨蛋首相同一个姓，是亲戚？”

半开玩笑的语气。

“不是亲戚。”泰山清了清嗓子，深沉地说，“泰山是我父亲。”

小中的狼狈显而易见，原本仰靠在椅子上的上身噌地直了起来。

“你……你到底想说什么？”

“能不能拜托您不要把自己的丑事束之高阁，对别人指指点点的？我想说的是老师您没有这个资格。”泰山盯着台上的小中，“这里是现代政治学的教室，拜托您讲一些跟课程相符的内容。大家付了高额的学费不是来听您讲这些的。”

泰山坦然地说。

“这下糟了，武藤君。”

下课后，真衣面色惨白。

“最好去道个歉，不然又要留级了。”

“为什么要我去道歉？”泰山说，“要道歉也是他吧！”

“真是太顽固啦……不过心里舒服了也好。”真衣说完话锋一转，“武藤君，我有个请求，能请武藤总理去一次重患医院吗？”

“重患医院？”

“哎呀，我们不是已经一起去过几次啦？”

原来如此……泰山恍然大悟。原来翔文中写的那个邀请他去重患医院的朋友是真衣。

“我想让更多的人了解临终医疗的实际情况。如果首相能来的话，一定能提高社会的关注度，怎么样？”

“我知道了。”泰山说，“我会让他去的，啊不，我想我老爸一定会去的。”

“那我等你消息哦。”真衣说，“我的时间可以根据总理的行程来调整。”

“到时候让秘书贝原联系你，如何？”

真衣脸上绽开灿烂的笑容。

真是个可爱又能干的女孩子。

回到车上的泰山满足地靠在椅背上，静静地闭上了眼睛。

5

“啊，老爸，面试怎么样？”

泰山回到首相官邸，立刻被翔逮住。

“怎么说呢……”

翔投来怀疑的眼神。

“不会又搞砸了吧？”

“这要看缘分，翔。”泰山一本正经地说，“不是跟谁都有缘分的。”

“借口！”翔说，“没有缘分，你知道后果是什么吗？”

“那就到时候再说吧，找工作说到底就是这么回事。”

“喂，老爸，那不就是失业吗？”翔生气地说，“我的将来，你准备怎么办？”

“翔，比起这个……”泰山强行转移了话题，“预算委员会顺利通过了吧？”

“呃……怎么说呢。”翔立刻闪烁其词起来，“他们净问那些蠢问题，我就有点生气……”

“有点生气干什么了？”泰山瞬间有种不好的预感。

“那个……就是质问了他们一下，说你们比起国家预算更关心香蕉吗……”

泰山听毕无语问天。此时，狩屋切入了正题。

“泰桑，关于那件事……”

“有什么进展吗？小狩。”

狩屋把艾丽卡说的事情解释给泰山听，泰山脸色大变。

“共和党那个浑蛋！你跟新田刑警联系了吗？”

“当然。”狩屋说，“他回复说去调查，不过还没有回音。”

“现在不是等待的时候！老爸！”翔一向性急，“就算不靠刑警，我们自己也能解决的啊。预算委员会上净问一些无聊问题！那浑蛋老头儿，我去摆平他！”

狩屋慌忙制止。

“小翔，冬岛在武斗派中很有名，他现在走在路上都带着身强力壮的保镖。有传言说冬岛选举事务所的门牌，还被人错写成‘冬岛组[1]’。”

“真的吗？”翔说，“然后呢，那个门牌怎么样了？”

“在背面重新写了一遍。”

“无聊！”翔拒绝了，“老爸，我们去他事务所找他算账，堂堂正正地干一架！”

“等……等一下，真的会受伤的，小翔。”狩屋制止道，“要不我们偷偷潜进去看看，怎么样？”

狩屋的替换方案剑走偏锋。

“去……去哪里？”贝原目瞪口呆，“不会是要去那个黑社会事务所吧？”

“不是，去议员会馆冬岛的办公室，可能就知道是跟哪个制药公司有关系了。”

“如果被发现了怎么办？”贝原问。

“就说走错了房间。”

“不错……”泰山敬佩地说，“不愧是小狩！”

“喂！这样真的好吗！”翔表示怀疑，不过泰山和狩屋怎么看都是一副认真的样子。

“贝原，你现在马上去调查一下冬岛在哪里，干什么呢，还有秘书们有可能在哪里，不能让他们察觉我们的行动。”

贝原接到命令赶紧发动人脉打起了电话。一个人如果成了党首，那么掌握他的行踪就是一件轻而易举的事情了。情

1　冬岛组：日本的黑社会组织经常以“某某组”的形式命名。

报很快就搜集了过来。

“据说冬岛将出席今晚八点在赤坂料理店的与年轻议员们的恳亲会。第一秘书负责安排，其他秘书在饭田桥的个人事务所里待命。晚上九点以后，议员会馆就没有人了。”

“钥匙怎么办？”泰山问，“谁负责议员会馆的管理？”

“众议院事务局管理科。”对手续非常熟悉的贝原立刻回答，“那里应该有备用钥匙。”

“贝原，你去把钥匙借来。”泰山命令道。

“怎……怎么借？！”贝原哀号道。

“你自己考虑呀！”

“怎么这样！”

“好了，快去吧！”

被泰山催促着，贝原慌忙从房间飞奔出去。

“真是心急啊……”狩屋看着贝原的背影，叹了口气，“不知道能不能赶上峰会……”

“到时候再说吧。”泰山小声说，“不过，事到如今，如果问我还想不想作为首相出席峰会，我都不知道该怎么回答了。”

泰山敞开了心扉。

“我感觉在追逐地位和名誉的过程中，渐渐失去了一些真正重要的东西。”

“老爸难得说些令人钦佩的话，这是吹的什么风啊？”翔挖苦道。

“这是你教会我的，翔。”泰山说，“面试虽然结果不怎么样，不过我看了你的就职理由，说实话，那是我未曾想过的事。你虽然脑子不好使，但看事情的眼光还是不错的。”

“脑子不好使真是对不住你了。”翔虽然回击了一句，但丝毫没有赌气的意思。

“不仅如此，不管是无农药蔬菜，还是想为那位生病的母亲做些什么，都体现出你身上想要为人们的幸福做出努力的优秀品质。作为一个人来说，那是最值得尊敬也最无可替代的品质。”

“老爸……”翔呆呆地看着父亲。

那大概是有生以来父亲泰山对翔的第一次肯定。

泰山静静地把视线投向远处，慢慢眯起了眼睛。

“我忽然意识到自己好像遗失了什么，过去的我就像现在的你一样。”泰山瞥了一眼儿子，“青涩、鲁莽，而且自以为是地想为这个世界做些什么。直言坦诚，善听民意，哪怕是一个人孤军奋战，可是现在……”

泰山脸上浮现出自嘲的讪笑。沉默了一会儿后，他喉咙嘶哑着继续说道：“被政界的价值观牵着鼻子走，沦落成为政治而政治的职业政治家。我现在虽然是总理大臣，但能称得上是真正意义上的一国之长吗？现在我需要的不是在峰会上会见各国首脑，而是重新审视我作为一个政治家的身份。当我意识到这些，我忽然明白之前所信奉的那些都是华而不实的。对于现在的我来说，政治家的地位和名誉是没有价值的。对不住啊，小狩，说了这么多废话。”

“不！”令人惊讶的是，狩屋正满含热泪地看着泰山，“这才是总理啊，这才是我敬佩的男人，武藤泰山啊！这样的人就应该从政，就应该成为总理大臣。从现在开始也不晚哪！请让这位总理大臣成为真正的政治家，泰桑，我会一直跟随您！”

“小狩，不愧是我的盟友！”

“泰桑！”

一旁的小翔把视线从两位拥抱在一起的人身上移开。

“好恶心……”

虽是挖苦，但翔有意压低了声音，以免打扰到一旁的那两个人。

6

晚上十点之前，四个人从众议院第一议员会馆的房间里出来，乘电梯来到五楼之后，径直走向共和党冬岛的房间。

大概是因为时间太晚，走廊里人影稀疏。

在使用备用钥匙之前，贝原敲了敲门，等了一会儿。

“没有人。”

正准备用钥匙开门偷偷潜入的时候，忽听后面有人在喊。

“喂，泰山。”

回过头的泰山脸上一僵。

“藏……藏本！”

艾丽卡也在。

“你们怎么在这里！”

“你儿子跟我们联系的。”藏本回答，“人多能给你壮壮胆。”

“太显眼了吧！”泰山话说到一半，忽然想到在这里理论也于事无补，“好了，一起进去吧。”说着蹑手蹑脚地走进了房间。

贝原打开灯，四十平方米左右的房间出现在了眼前。穿过公派秘书的房间，大家来到里面冬岛的房间。

贝原把桌上资料箱里的资料拿出来，眼睛血红地拼命翻看了起来。藏本和艾丽卡在橱柜里寻找线索，狩屋则打开了秘书桌子上的抽屉。

泰山和翔站到了冬岛的桌前。

“你看右边的抽屉，我看左边。”

左右两边分别有三个抽屉。

“交给我吧！”

翔打开了最上面的抽屉，里面装的是文具，有铅笔、圆珠笔和橡皮。第二层抽屉里面装满了各种资料，翔把它们拿出来全部摊在了桌上，有调查会和委员会的资料，党内会议的议事录、陈情书和未被整理的名片。最后的抽屉里面是一排贴了标签的文件。

“找找医疗方面的文件，”泰山在一旁指导。“也许能找到线索。”

所有人一言不发，低头翻看手中的资料。

桌子上已经查找完毕，翔在旁边的橱柜上找到一份名叫《新药品准入相关》的文件时，已经又过了二十分钟。

“我找到了。老爸，这是什么？”

打开文件，翔瞪大了眼睛。

CLABINE、NELBINE、PEGAS……这些英文名词摆在眼前。

“这可能是未批准药品的名单吧，你觉得呢？”

泰山看了两眼，向贝原问道。

“请给我看一下。”

贝原从翔的手里拿过文件，认真看了看上面排列着的药品名。

“这些药的名字我好像在哪里见过，先生，应该是治疗癌症的新药吧？这里有海外批准的时间，应该是国内正在审批的药品名单。”

“跟宣传语有关……”

泰山正小声念叨着，忽然身体一僵。

门被一把推开，两个墨镜猛男缓缓走了进来。

是冬岛的贴身保镖，而冬岛正站在二人身后。

“哎哟，大家都凑齐了。”缓步走进房间的冬岛说，“你们在我房间里干什么呢？”说着犀利的眼神看向了翔。

刚刚在秘书房间里的狩屋已被双臂交叉，摁倒在地。

泰山率先动了手。他想用翔这副年轻灵敏的身体抢得先机。不过……平时打架机会太少，瞬间就吃了保镖挥出的一拳。

“啊！我的身体！”翔大叫一声，“浑蛋！你们干什么！”

翔扑了过去，无奈泰山的行动太慢，打出去的拳头被轻易闪开，正要飞起一脚时，保镖拳头带风地朝翔的脸上招呼了过去。

“小翔！”

狩屋叫了起来。这时，保镖的手臂忽然以奇怪的姿势弯曲，传来了关节错位的闷响，转眼之间就被摔到了地上。踩在他脸上的，是那双熟悉的漆皮亮靴。

“新田君！”泰山大喊一声。

另一个保镖借机缠住了新田，摆出进攻姿势，弓起腰背，寻找合适的时机。

保镖的身体动了起来，他虚晃一拳，转身一个回旋踢。

攻击太过意外和迅猛，稍不留神一定会被击倒。可是，新田不仅漂亮地防下了这招，还抓住对方调整重心的瞬间，一拳朝他的面部打去。

只见失去了意识的保镖，“扑通”一声跪着摔倒在地。

“你……你们！干出这种事情不要以为我会放过你们！！”

面对冬岛的大声呵斥，新田从西装口袋里掏出一份文件，高高地举了起来。

“这是‘家宅搜查令’，冬岛先生。我是警视厅公安课的新田。请不要动。”

这一句话如同指令，在走廊待命的搜查员们带着纸箱鱼贯而入。

“等一下！我有什么罪？”

冬岛怒气冲天。

“涉嫌违犯政治资金规正法。”

“警察会为这种嫌疑搜查吗？”冬岛问道，不过新田没有回答。

“是另案搜查，先生。”贝原在泰山耳边小声说，“对于警察来说，什么借口都无所谓，找到证据的时候再确定罪名就好。”

“从现在开始对事务所内部进行搜查，由先生陪同，开始吧。”

新田一声令下，搜查员们立刻行动起来，把橱柜、桌子上的资料全部放进了纸箱里。

“反正都要来，就不能早一点吗，新田刑警？”

泰山用手抹掉嘴角渗出的血迹，不满意地说。

“搜查令虽然已经到手了，但本来没准备今晚搜查的。”新田回答，“托先生的福，我们紧急更改了计划。”

“你们那是白费时间。”冬岛满腹恨意地说，“什么也找不出来的话，看你们怎么收场！”

新田的脸色没有丝毫变化，继续沉默着。

“喂！冬岛。”泰山说，“你知道我是谁吗？”

冬岛紧紧盯着泰山，也就是翔。

脸上浮现出一抹冷笑，回了一句“谁知道”。

这个家伙，是知道的。

此时一个刑警走了过来，把冬岛带到了其他房间。

“为什么要干这么危险的事？”新田有些生气。

“本来不应该这样的。”泰山用手指抵住额头闭上了眼睛，心中的疑惑即使不说出来，在场所有人也都心知肚明。

“冬岛这个家伙为什么会回来？他明明应该出席恳亲会的，为什么……”

面对泰山的自言自语，没有人回答。

“听跟踪的刑警说，是临时结束恳亲会回来的。”

新田也想不通。

这时，一个搜查员走过来，从冬岛桌子上资料箱的底部抽出一份资料看了看，思考片刻之后，大概是判断为无关的资料，又放回了原处。

翔不觉倒吸了一口冷气。

“怎么了，翔？”泰山问。

“不，没什么……”

走廊里嘈杂声渐起。

"在被记者发现之前，赶紧走吧。"

被新田催促着，一行人快步走出了议员会馆。

"艾丽卡。"

在议员会馆前准备分别的时候，翔向艾丽卡搭话。

准备跟藏本一起离开的艾丽卡回过头来。

"怎么了？"

"那个，今晚的事情你还对什么人提起过吗？"

艾丽卡的表情有些不知所措。

"说过的吧？"翔问道，"告诉我，是谁？"

7

防卫省的地下会议室里，泰山、翔和鹤田父子聚过来的时候，距离冬岛办公室被搜查已经过了三天。

"形势越发扑朔迷离了，泰桑。"狩屋无精打采地说，"没收的物品都调查过了，听说其中没有能够证明与美国制药公司有关的证据。"

房间里一时陷入了沉默，所有人因为这出乎意料的结果黯然无语。

"到底是怎么回事？新田刑警。"

"隐蔽工作做得相当周全，对冬岛政治团体的财务也进行了非常细致的审查，不过目前还没有发现违法捐款和想要的证据。”

新田眉头紧皱，语气中带着懊悔。

“追溯资金来源不就可以了吗？”发表常识性意见的是贝原，“很多情况下，调查入账情况就能找到问题所在了，毕竟现在已经禁止现金捐款了。”

“经过复杂的洗钱行为，已经很难追查到源头。”新田回答，“经调查发现，企业的各种海外交易盘根错节，为了隐蔽资金出处，已经精心部署过了。”

“如果什么都查不出来的话，要怎么办？”翔问。

“最差的情况，就是改成以恐怖袭击的嫌疑进行搜查，或者因为证据不足不予起诉吧。”狩屋心虚地说，“共和党声称此次搜查是民政党的阴谋，如果他们洗清了嫌疑，那么民政党将会遭到各方面的严厉批判，支持率将会彻底崩盘。”

“美国政府没有消息吗？”翔问道。

真田摇了摇头。“不过，也可能是还没有传达给我们。话说回来，你心里已经大概有数了吧？新田。”

面对真田尖锐的问题，新田脸上的表情消失了。

“在没收的资料中，确实有一份非常有意思。”新田压低了声音谨慎地开口，“是关于未批准药品的资料。”

“那份我们也看过。”贝原想起来了，“上面罗列着药品的名单。”

“请注意，名单上的药品不是药品的通用名，而是商品名。有什么想法吗？”

“我没有注意到。”贝原摇了摇头。

“听不懂你们在说什么。”翔在一旁插话，“什么通用名、商品名的，到底有什么不同？”

“比如说，通用名是阿司匹林的药品，商品名是巴菲林。”

贝原简单说明之后，手指抵住额头想要回忆起冬岛那份名单上的药品名。

“是这个。”

新田从口袋里掏出一张纸，摆在贝原面前。

CLABINE、NELBINE、PEGAS……

“这些是出自同一家制药公司的商品名。”

“是哪家制药公司？”狩屋问。

“这只是间接证据。”

新田非常谨慎。

“这些药品到底出自哪里？”泰山问。

新田沉默了几秒钟。

“是总部在纽约的制药公司——MEDICIS。”

“MEDICIS？不会吧……”翔大吃一惊。

“你知道？”泰山问道。

“我向这家公司也投了简历。”翔回答说，“MEDICIS是一家在美国飞速成长的新兴制药公司，公司名起源于以卖药丸起家而积累巨额财富的美第奇家族。”

“另外，该公司的经营方针非常激进，为打击对手可谓不择手段。”贝原嗤之以鼻地说，“根本是美第奇本尊了。他们在日本有分公司吗？”

“日本没有分公司。”新田回答说，“据说是考虑到药品还未获得批准，设置分公司也没有好处。不过，如果他们就是幕后黑手，一定会在什么地方设置战略总部。”

“冬岛应该知道。”泰山问，“有办法让他开口吗？”

“他拒绝回答任何问题。”真田说，“不过，既然部署了如此细致的恐怖袭击，不可能不留下一点证据。”

“当然。”新田说，“另外，很可能还有其他的协助者帮忙搜集情报，负责监视，充当冬岛的内线。总理和翔的情况正被非常严密地监视着，不能否认身边人是泄密间谍的可能性。眼下我们正全力以赴锁定这个第三者。”

“拜托你了，新田君。”

泰山刚刚郑重嘱托完，只见翔缓缓站起身来。

“我们也该出发了，新田刑警。”

“去哪里？”泰山问道。

“重患医院啊，重患医院！”翔无奈地看着泰山回答，“跟真衣约好要去的是谁啊？”

“为什么新田君也要去？”泰山吃惊地问。

“老爸你也来吧，反正今大没课，真衣也会开心的。要不把老妈也一起叫上吧。”

翔说完，一马当先走出了房间。

8

直面自己的死亡，到底是一种怎样的体验。

“马上要见到的那些人，他们接受了命运的安排，正不遗余力地努力度过他们的余生，他们觉得‘与其悲伤，不如和家人们一起欢笑着面对’。”

这是上次访问重患医院时，给翔留下深刻印象的患者的话。那是一位三十六岁的女性，两个孩子每天放学后乘公交车来看望她。她无比珍惜与孩子们相处的时光，努力乐观地度过被癌症晚期摧毁的人生的最后时刻。

“重患医院就是让人眼睁睁看着自己一点点死去的地方。无论怎么难过与不舍，患者都无法避开死亡的直视。”

车子从两旁是住宅街的道路中穿过，朝横滨一个小小的山丘驶去。透过挡风玻璃，位于山丘顶上的那座圣玛丽医院的白色建筑出现在了眼前。

在玄关前迎接的人群中看到了真衣的身影，一起的还有上次也承蒙其关照的院长永野修女，医生和护士以及基洛和高恩。基洛和高恩是院里养的两只雪纳瑞。

“感谢各位远道而来。”

永野修女年过六十，身材小巧，眼镜背后的目光温柔而慈爱，仿佛能包容下世间万物。

“感谢您的邀请，”翔说完看向旁边的真衣，“也非常感谢南小姐。”

真衣脸上笑容如花般绽放。“没想到您真的会来。”

大家先换上了白衣，在医生和护士的指引之下，走在医院里跟患者们打招呼。

“这家重患医院里面有很多年轻人。”修女介绍说。这里多是一些身患癌症等绝症，被宣告所剩时日无多的三十多岁、四十多岁的人。

有些人完全看不出身患重症，还能精神饱满地走在路上；有些人却只能躺在床上，一动不动地看着屋顶。

相同的是，这里所有的人都在与死神战斗着，挣扎着，正拼尽全力地度过人生中最后的时刻。

“这里不会有谎言。”修女不经意的一句话，令泰山侧目。

此时，医院的见学[1]结束，一行人来到食堂准备喝茶歇息片刻。“直面死亡的人能够相信的，只有真实。对于余生无几的人来说，假装、遮掩、粉饰没有任何意义，那不过是虚度人生。”

我们到底在这些人眼中是个什么样子？泰山不禁自问。在这谎言遍地的政治世界里面，这些人所追求的真实到底在哪里？有他们的庇护所吗？

“中庭很漂亮哦，一定要去看看哦。”

真衣的提议令贝原面露难色。

“总理，我们该走了，接下来的行程是……”

---

1 见学：参观学习。

一国首相的时间总是这样紧凑。

“等一下。”

“总理……”

翔不再理会贝原，对真衣说：“我们走吧。”

一条灰砖小径，从绿意盎然的草坪延伸出去，直到一座秋花绚烂的花坛。

“繁茂地凑成一团的草花是酢浆草，这是仙客来、金光菊、藏红花……”

真衣细数着花儿的名字。在这秋日的阳光下，花儿闪耀出炫目的光芒。

绫在一团绿色叶子中丛生出来的紫色花儿前面停下，看了看旁边的小小木板，回头看向泰山。

“花语是‘青春时代’，跟我很配呢，你觉得呢？老公。”

“我现在的心情就是叶牡丹。”泰山指着眼前的花说，“花语是‘不搭调’。”

“这里真不错啊，去休息一下吧？”翔再次无视了欲言又止的贝原，坐在了椅子上，“南小姐也请坐吧。”

“总理，时间已经非常紧了……”

“吵死了！”

被翔挥手赶走，贝原愤恨地退到了一边。

“想问问你呢，南小姐，你创业的契机是什么？”这可能是个唐突的问题吧。

“我对药品感兴趣，是从小学五年级开始的。”

真衣的视线看向了花坛对面的住宅街，从这小小的山丘望下去，风景祥和而怡人，总是能给医院中的人们带来平静和安宁。

“那一年，我的母亲去世了。”

有些出乎意料。翔沉默着没有说话。

“是乳腺癌。她一直在跟病魔做斗争，纵然身体已经虚弱不堪，也拼尽全力地想要延长生命。为了我和弟弟，哪怕多活一分钟一秒钟，她一直在顽强地努力。为了救活母亲，父亲不惜任何代价，只要听说对癌症有效，不管是什么东西都会尝试，买过很多昂贵的健康食品。那时听说美国有一种新药对母亲的病症有效，爸爸说妈妈有救了，欢欣雀跃地拿着医学杂志去找医生，可医生却说那种药未得到批准，不能使用，如果想要接受治疗，必须去美国。可是，那时我家没有那么多的钱。”

翔继续沉默着。

“那时，我就在想，我一定要拯救那些和妈妈一样的人，如果能做那样的工作就好了。结果，答案就是与医药品相关的工作。我想办法将客户需要的药品送到客户手中。虽然我现在经营的都是日本未批准的药品，但是这样的代理服务并不违犯《药事法》，只是由于法律的限制无法进行宣传，但还是在顾客们的口口相传中，随之在网上也开始销售普通的医药品。”

“现在，不光是药品，业务还扩大到接手了六本木的店。”翔接过话来，眼睛凝视着面前这些在午后阳光下灵动而璀璨的花儿。

“说不好听点，都是为了钱。”真衣脸上浮现出一抹落寞的笑意，“总之，没有钱是不行的，这是我得到的教训之一。不过，我的药尽量以最低的价格卖给消费者，所以并不赚钱。通过药品获得好评，再借由健康食品或者其他业务来赚钱，才是我的经营模式。”

“不利用那些真正有困难的人来赚钱，这样的想法非常高尚，我想不管是谁都会对你产生敬意，不过……”翔无比严肃地看向真衣，“你是不是也感觉到了极限。”

真衣露出惊讶的表情。

“这是什么意思，总理？”

“想要拯救重病的患者，以现在的法规制度能做到的是有限的。想要解决这个问题，就必须从药品的批准制度开始变革。”

真衣的侧脸一动不动。

“你为了改变那个批准制度，所以给共和党提供了帮助，是吗？”翔盯着真衣，继续说道。

“我不明白你在说什么。”真衣说。

“你是什么时候认识共和党的冬岛的？”

“共和党？我不知道。”

真衣正要否认，只见翔从西装的口袋里掏出隐藏了许久的东西递了出去。

“给你！”

下意识用双手接过的真衣看清楚之后，瞪大了眼睛僵在那里。

“不要再演戏了，真衣。”翔说。

“你怎么会有这个？！”

“搜查议员会馆里冬岛的房间时，从桌子的资料箱里发现了这个。另外，那天晚上知道我们偷偷潜入冬岛房间的人，除了相关人员之外，就只有真衣你了。你听艾丽卡说的吧？”

翔恢复了他以往的语气。艾丽卡只跟真衣说过发生在自己身上的事情，包括那天晚上搜查冬岛房间的事情。

“冬岛对 MEDICIS 相关的事情隐蔽得非常周全，不过对你就漫不经心了。”

翔盯着真衣。现在她的手掌里，放着一个小小的袋子，正是“唐培里侬之素”。

“我们交换身体的事情，你早就知道了吧？”

真衣脸上没有表情。

“真是被你小看了。”翔说，“我会在下次国会上提出放宽药品许可的法案。”

“不可能。”真衣面无表情地说，“现在的民政党是不可能做到的。”

“因为有人阻拦？”翔说，“那跟我又没有关系。是吧，老爸？”翔转向身边的泰山，提高了声音问道。

“啊，那个，是啊，关于这件事……”话题忽然被甩到眼前，泰山正准备说话。

“老爸，你认真点！”翔飞来一句，“钱就那么重要吗？”

泰山严肃地看着儿子，脸上一阵犹豫不决的表情。这时，旁边的绫开了口。

“老公，你要好好回答呀，孩子们是认真的。”

泰山紧闭嘴巴俯下身来，不知过了多久，他慢慢抬起头，看向那一望无际的晴空和远处延绵不断的住宅街。

“我知道了。”终于，泰山冒出了这么一句。

“眼前这光景带来的感受也许是因人而异的吧，”泰山说，“不过对我而言，那些住宅街让我感觉到了人间烟火的气息。每一个家都看起来小小的，可是里面那些尊贵的生命都在努力地经营着每一个独一无二的日子。在那些无可替代的生命面前，说什么都没有意义。只要能够拯救那些受苦的人们，药品的许可问题，即使要我武藤泰山孤军奋战，也要设法完成。”

“民政党不是跟制药界勾结在一起的吗？”

面对真衣的责难，泰山转过头来，一板一眼地回答。

“必须革旧鼎新。”

“你要说话算数啊，老爸。”

“武藤泰山一言九鼎。”

绫在一旁默默地看着这位信心满满、凛然而立的政治家——武藤泰山。

“真衣，请放心交给我们吧。”翔站起身来，“今天谢谢你了。这话虽然有些自大，不过怎么说呢，今天受到了生命的洗礼。”

“彼此彼此。”真衣也站起身来，脸上露出寂寞的笑容，“今天你能来，我很开心，武藤君。”

“先走了，请静候我们的好消息。”

“好的，谢谢总理。”

挥了挥右手，翔从容地往回走去。

目送着那个身影消失在医院里，真衣向留下来的男人开了口。

“我有话对你说。”

新田双手依然插在口袋里，微微低了低头。

“愿闻其详。”

真衣将新田让到旁边的椅子上，待她坐下来说话之前，仰起头来看着晴朗的天空，眨了眨眼睛。

9

那天晚上，泰山被叫了出去，参加翔的朋友牧原组织的联谊。

“这种聚会非要参加吗？再说那个牧原到底是谁？”泰山不情愿地说。

“之前遇到危险的时候，多亏牧原的相助。”

翔的话让泰山立马想了起来。

“哦，是他啊，那个合气道二段。”

“他要我无论如何都要出场，我是聚会的焦点，呵呵。”

“你如果是焦点，那其他人的样子就不用想了。”

“会很受欢迎的，老爸。”翔不怀好意地笑了笑，“会有很多女大学生来。顺便说一句，这件事老妈并不知情。”

泰山内心开始动摇，眼睛里忽然迸发出光芒。

“真是拿你没办法。”泰山假装不情愿地说，“不过为了给你撑面子，就勉为其难去一下吧。”

“晚上七点开始，抓紧时间啊，老爸！”翔看了看墙上的时钟，“你是我的替身，一定不能给我丢脸啊，拜托了。还有我的阿玛尼，别给我弄脏了。”

“这是我要说的话吧，你才不要给我搞砸了。”

“我知道，你就稳稳当当放一百二十个心，好好放松一下吧。”

“怎么放心，我的心都提到嗓子眼儿了。”

今天晚上，美国政府的专机将会降落在羽田机场，美国总统来了。

晚上是晚餐会，明天早上是日美首脑会议，再之后是重要国家首脑峰会，一系列重要政治日程扑面而来。虽然有狩屋和贝原二人的贴身守护，不过想要应付这样的日程安排是相当不容易的。

“我会想办法搞定的，别担心了，老爸。”

新田处还没有消息。

不知他到底从真衣那里打听到了什么消息，新田到现在都没有开口，是怕对泰山说了之后，脑电波会被人解读吧。

“那个，总之，拜托你了，老爸，牧原相当期待呢。”

刚刚说完，翔便被贝原催促着出发去了首相官邸。

泰山来到了南青山的一家餐厅酒吧，下楼梯的时候，忽然停下脚步深深叹了口气。

还有不到一个小时，总统专机就要到达羽田机场了吧。一想到后面不知又会出现什么状况，泰山就焦躁不安起来。

“浑蛋……既然如此，就听天由命吧！”

泰山放弃了胡思乱想，正准备继续向下走的时候，“怎么，泰山你也来了？”一个熟悉的声音在身后响起来。

“啊，藏本！”泰山不觉回头一看，“怎么连你也来了？”

“这样也不错。”藏本笑眯眯地从台阶上走了下来，挽起了泰山的手腕。内在是藏本的灵魂，外在却包裹着性感的晚礼服。

“笨蛋，走开，太恶心了。”

泰山嘴上这样说着，半推半就地推开了门。

“我从政这么久了，小翔，从来没有像今天这样紧张过。”

开往机场的车子后座上，狩屋坐立不安地说。

“竟然会是大学生首相和大臣一起迎接各国首脑啊……”

“你真是瞎操心，小狩。美国总统也是人呀。”

“小翔，在这种时候还能如此镇定的，”狩屋半是揶揄地说，“不是非同一般的大人物，就是十足的笨蛋了。”

“我看多半是后者了。”贝原从前面副驾驶位子上不失时机地插嘴，“总之，拜托你一定要按照设定好的剧本来，不要再说不必要的话了。”

贝原从刚才开始一直在看表，一副哆哆嗦嗦、提心吊胆的样子。

“胆子也太小了，贝原。”翔嫌弃地说，“你这副模样成不了政治家的。”

“谁要你管，总比笨蛋强。”

“这种关键时刻就不要吵架了吧！”狩屋劝解道，“总之，我们现在要一起攻克难关哪。”

“新田刑警还没有消息吗？官房长官。”贝原焦急地问。

“没有。”狩屋的语气前所未有地严肃，“到了现在这个地步，指望他是很不现实的。贝原，现在只能靠我们自己了。”

副驾驶位子上传来一声绝望的叹息。

此时，沿着东京湾行驶而来的汽车缓缓进入了羽田机场的出口。

10

故事的起源，是一场红酒的试饮会。冬岛由主办方邀请而来，有人向他介绍了真衣这位名噪一时的学生企业家。真衣热情盎然地介绍着自己的事业，不过冬岛对她表现出兴趣，是在得知她认识武藤泰山的儿子的时候。

“我跟武藤泰山先生的儿子是同班同学呢。”

一直兴趣索然的冬岛在这一刻忽然变了态度。

“只要民政党作为执政党当政，就不可能改变现在的医疗制度。”

面对非常有同感的真衣，让她答应帮忙并没有花费太多的时间。

“也许我只是被利用，但是如果真的能够借此改变医药品的批准制度，我觉得也是值得的。”

医院里听到真衣的话，激起了新田心中的怒火。一个接受制药公司非法捐款的政治家，是不可能真正实行医疗改革的。冬岛的目的，只有金钱和名誉。

“MEDICIS在国内应该有据点吧？”新田问，“如果知道的话，能告诉我吗？”

“他们从来没有对我讲过详细的事情。”

真衣的回答令新田有些泄气。

“那么冬岛是怎么跟你联系的？”新田想了一会儿说。

“是秘书们联系的。”

“我可以看看通话记录吗？”

真衣把跟冬岛有关的电话号码整理到一起，一共是四个号码。

冬岛秘书的手机电话、个人事务所的电话和议员会馆房间里的电话，这三个号码新田是记得的。不过，剩下的最后一个，新田没有印象。

晚上七点，新田来到了代代木一栋崭新公寓的大厅。

正面玄关以及通向地下停车场的通道已被封锁。目标 507 号房间位于公寓的顶层，租借人是桥口政弘，三十七岁。

桥口便是真衣手机里第四个号码的主人。他的私宅在世田谷。对他世田谷的家进行搜查后，发现了与美国制药公司 MEDICIS 相关人员的往来邮件，由此得知了这间公寓的存在。桥口以个人名义租下的这间高级公寓的租金是每个月一百五十万日元，这部分资金以美元汇入的方式每个月进入桥口的账户，经查明至今已有数百万日元的资金入账。

桥口应该就在五楼的房间里，与另外几个外国人同住。新田用指尖感受了一下口袋里那一纸搜查令坚硬的触感，确认了一下腕表上的时间，轻声对着耳麦下达了命令。

“现在开始搜查。”

七名搜查员从应急通道跑了上去，新田则转向了电梯厅。带领七人小组上到五楼之后，新田站在门前按下了门铃。

过了好一会儿，才有了回应。这是一栋安全防卫周全的公寓，几乎没有来客直接按门铃的情况。

“你好。”

是男人的声音。

“我是警察。”新田说，“请问能把门打开吗？”

里面没有回音。

“你好，请问可以把门打开吗？”

新田说着跟身后的同事们交换了一下眼神。为了防止对方闭门不开，还带来了开锁专家。

“挂掉了。”

听到话筒挂断的声音，一个同事小声说。所有人紧盯着门，并没有要打开的迹象。

“拜托了。”

同来的开锁专家转眼之间便打开了门锁，绝不能给他们销毁证据的时间。

搜查员将钳子伸入打开的门缝，剪断了门后的防盗链。

“入室！”

向耳麦里发出指令后，搜查员们在新田的带领下冲进了房间。

11

晚上七点钟开始的聚会，不到一个小时就变得混乱了。

“武藤君，你是武藤总理的儿子吗？”

坐在身边的女孩一直在搭话。虽然脑子看起来不太好使，不过身材倒是不错。

“嗯，是啊，那也没什么啦。”泰山谦虚地说。

“谁说的，武藤君以后会继承你爸爸成为总理大臣的吧。”

这个女孩把总理大臣错以为是世袭制了。

“这个人做总理大臣？”已经烂醉如泥的藏本尖声笑了起来，“不可能，绝对不可能。下届选举时，民政党一定会输给宪民党！”像赶苍蝇一样，藏本连连摆手。

“怎么可能输！笨蛋！”

“你才是笨蛋，一定会输啊！”

两人在桌子两边怒目而视，藏本嘴角现出一丝嘲笑，“担心民意所以不敢解散议会的胆小鬼内阁，还敢说什么大话？”

“你说谁是胆小鬼？”

泰山气得差点儿跳起来，却忽然眼眉一皱。

疼！

是差点儿被忘记了的牙痛。那个浑蛋医生，肯定是只把破芯片放了进去，没给我认真治疗。

“那你解散了怎么样？”藏本挑衅地说，“宪民党虽然有浜畑丑闻，不过跟你民政党的香蕉官房长官比起来好多了。再加上你这个不会读汉字的总理大臣，如果解散了内阁，不要说宪民党，连共和党你们也是拼不过的。从执政党沦落到第三政党，算是史上最大的惨败了吧。”

“你说什么？”

泰山忍着牙痛作势要站起身来，“你们不要吵啦”，女子这一句话又让他坐了下来。藏本笑眯眯地看着眼前这一幕。

“武藤君，你好冷漠哦。”女子撒娇的声音使得泰山一时心旌摇曳，“你不问问我的名字吗？”

“啊，是哦……”泰山硬生生从藏本身上收回了视线，“失礼了，你的名字是？”

“诗穗！”

“名字不错嘛，是学生吗？”

泰山有种身处夜总会的错觉。

“当然啦，京浜女子大学，三年级！”

“真年轻哪。”

大概是因为看惯了银座的妈妈桑，泰山仔细看了看眼前的诗穗，只觉得她天真又可爱。虽然不太会说话，有点孩子气，不过那从上衣里露出的雪白脖颈可真是诱人，一对让人看了就移不开眼睛的巨乳，与那张童颜的反差，勾起人无限的遐想。

“有男朋友吗？”泰山问。

“最近刚分手了。”

接下来就是把女孩带到哪个酒吧。泰山的套路开始了，这漫漫长夜的终结，当然是旅馆的某个房间。

“怎么样？我们单独去喝一杯？”

泰山完全一副花心大叔的语气。

“我想去唱歌！”

泰山不禁泄了气。

“武藤君最喜欢的歌是什么？”

泰山重整旗鼓。

“当然是*My Way*了，而且是英文的，小姐。”

“唱嘛唱嘛！”诗穗央求道，“我想听武藤君的*My Way*！”

“既然你这样说……”

盯着诗穗的眼睛，泰山用他蹩脚的英文唱了起来。

“and now，the end is near...”

诗穗笑翻了。

“喂喂，翔在唱什么*My Way*，赶紧把麦克风给他，麦克风！”

同伴们恶作剧般将麦克风递到泰山的手上，店里开始响起那首不成调的*My Way*。他原本就是麦霸，拿到麦克风便不肯撒手了。

“太难听了……”有人嘀咕着。

“跟老头儿似的！”有人嘲笑。

不过这一切都没能进泰山的耳朵，可是——

这时店里没有任何人发现，不，不仅如此，是泰山自己都没有察觉，他的脑中正开始发生隐秘的变化。

“more，much more than this，I did it my way.”

泰山“绝妙”的歌声引得所有人侧目，正含情脉脉与诗穗四目对视的泰山的耳朵里面，忽然出现了意想不到的声音。

“小翔，来……来了啊！”

什么？即将进入第二段的泰山看了看周围。

小狩？

刚才确实是小狩的声音，可是却没有发现狩屋的身影。

是错觉吗？

“Regrets，I've had a few，but then again……”

泰山再次唱了起来。

“握手、握手！”

泰山耳边是小狩激动的声音。

“小翔，你到底怎么了？现在不是唱歌的时候啊！”

小……狩？学生们的脸在眼前模糊了起来，诗穗那张陶醉地看着自己的脸也越来越远。

取而代之的是一张好像在哪里见过的外国人的笑脸，浮现在了眼前。

这，到底是谁？

“能够见到您，我感到非常荣幸，武藤总理。”

外国人旁边一个身穿普通西装的男子正在说话，是翻译。

“小……小翔！”

小狩一句话唤醒了泰山。

泰山正站在机场的红色地毯上，没有店里的吵闹，没有香烟的气味，也没有意味深长的目光。

美国总统专机——“空军一号”喷气式发动机的声音震耳欲聋，十月清冷的风正抚慰着泰山的脖颈。

泰山紧紧握着对方的手，歌声的余韵静静消失在空中。

事情的发展让所有人一时说不出话来。

确实，哪有没有任何寒暄直接用 *My Way* 来迎接美国总统的呢。

“完蛋了……小翔。”

小狩双手捂住了脸。

“是我，小狩。”泰山细不可闻的声音轻声说，“我是泰山。”

狩屋抬起头。

“什么？泰……泰桑？”

泰山的侧颜正对着狩屋，右手忽地加大了力度。

“见到您非常荣幸，柯蒂斯总统，请忘了我刚刚那不动听的歌声吧。”

柯蒂斯的脸上忽然绽放出笑容。

“感谢您用我最喜欢的 *My Way* 来迎接我。”

说完，柯蒂斯接着唱了起来。

“请一起合唱吧，武藤总理。”

美方翻译一时没有缓过神来。

“当然。”

挽住对方的肩膀，二人并肩唱着歌走在红色的地毯上。

周围响起热烈的掌声，两位国家首脑的歌声在灰暗的东京上空婉转升腾。

这象征着打开了崭新的外交局面的一幕，通过电视直播在全国传播开来。

柯蒂斯的脸庞如同沙绘中被风吹散的细沙般失去了轮廓。恢复意识的时候，翔正在一家昏暗的店里。

不过，翔站在那里，右手正紧握着麦克风。既然所有人都看着自己，那么刚刚的寒暄已经结束了吧？

“已经结束了吗？武藤君。”

这时，眼前站着一个陌生的女生。

“结束了？什么结束了？”翔问，“寒暄吗？”

“是唱歌呀。”

“什么？唱歌？我刚刚唱歌了吗？”

翔不由得看了看周围，店里正一片寂静，是清唱吗？好吧，果然符合老爸的趣味，翔心想。

“是什么歌？”翔小心翼翼地问。

“是 *My Way* 啊。”

听到女生的回答，翔呆住了，无力地瘫倒在了地上。

“太……太逊了吧……你唱的那是什么呀，老爸，太给我丢脸了……”

正当打击太大而失去站起来的力气时，翔终于明白发生了什么。

看看自己的手，又看看自己的身体。

回来了，原来的我！

“原来如此！”

翔抬起头，与人群中的艾丽卡四目相对。

艾丽卡竖起了大拇指，以示回答。

新田做到了。

“我……终于是我了……”

“你在嘀咕什么？翔。”牧原笑嘻嘻地说，“不唱了吗？你的 *My Way* 很不错啊。”

“谁要唱那个，大家一起喝一杯吧！庆祝一下！”

翔的朋友们呆呆地看着他。

“庆祝？庆祝什么？就职定下来了吗？翔。”

“那个还没有，不过，”翔说，“应该说是庆祝我终于是我了！”

“看来是个哲学问题啊，翔。”牧原瞪大了眼睛安慰道，“毕竟人生不易哪。”

翔目送牧原离开去买香槟，“看！”艾丽卡凑过来掏出手机屏幕，新闻直播中，泰山和柯蒂斯正并肩唱着歌。

“看起来不错嘛，老爸。”

“有消息说，警察已经捣毁了 MEDICIS 的据点。真衣不会有事吧？”

“新田刑警会保护她的。”

翔把新田的话传达给艾丽卡。“她的事情，请交给我吧。”新田在听完真衣的陈述之后，是这样说的。

“那个刑警看上去有点凶，内心其实很有温度。”艾丽卡想起新田那张不苟言笑的脸，不禁笑出声来，“不过，那毕竟是真衣，相信她也不会纠结于此，没准正在谈新的生意呢。”

香槟从里面送了过来。

“大家一起干一杯！”

酒杯送到了翔的手中，“接下来，干杯的寄语就交给翔吧。”

“人生总会有各种各样的事情发生。”翔站起身来说。

这意外的开场使得场上传来一阵嗤笑声，不过翔并没有在意，继续说了下去。

“但并不总是苦难。就算是苦闷到想要逃脱的时刻，也会留下那些能够拼凑出下一站幸福的碎片，它一定会出现在某个时刻或者某个地点。今天，我拾到了其中一片。为了我们就是我们，一起举杯——干杯！”

所有人举起了酒杯。此时 BGM 开始响起，翔朝艾丽卡走来。

“为了日本这个国家。”艾丽卡说。

“为了这无聊的政治。”

两人轻轻碰了碰酒杯。

“接下来一起去喝一杯吗？有一家酒吧不错。”

“好的呀，刚才说得不错，不愧是总理。”艾丽卡戏谑地笑了笑，“是不是还想再多做些日子啊？”

“怎么可能！”翔笑了，“已经受够了，我还是做我自己最好。”

“同感，我们再干一杯吧。”艾丽卡说，“为了我们就是我们。”

二人碰杯的清脆声响，在这喧嚣里留下了盈盈余韵。

尾声

“老公，把一亿日元给我。”

绫说。

经过新田等人的努力，事情终于得到解决。此时已是一周后的清晨。

在此期间，位于美国的MEDICIS总部被搜查，社长以下的多名董事会成员被抓，事件发酵成为一大惊天丑闻。不过，并没有公开泰山等人“子女化”的事实。对于美国来说，使用这样的技术本就属于军事机密。

在日本，也考虑到诸多因素，除了共和党的冬岛党首之外，还以伤害未遂及恐吓的名义，逮捕了国内潜伏的其他MEDICIS相关人员，牙医丸山等人也在藏身之地被警方控制了。

“一亿吗？好好好。”

随口应付的泰山听到绫接下来的话，不觉惊讶地抬起了头。

“我已经找到用处了。”

“用处？一亿哦！绫。”

“是的哦。”绫自信满满地说，“我准备用来投资。”

“投资？你还是算了吧。”泰山说，“投资新手铁定会失败，明明连一只股票都没有买过……”

“我决定投资真衣的公司。”

“她的公司？”泰山从报纸里抬起头来。

“美国制药公司研制出了治疗癌症的新药，听说她现在正在积极争取国内代理权，需要一个亿，所以我决定投资那个女孩的公司。”

“哦？”

泰山回忆起真衣在医院里讲述自己的过去时的表情。她所展现出来的一颗挚诚之心，成了泰山推进“新药许可法案”的原动力。

“这样的话，就能拯救很多人的生命了。”

“是吗？”

泰山把报纸从眼前拿开，认真思考过后，问：“什么时候需要？”

“下周左右向她公司出资的话，就可以帮助她跟对方企业签合同了。

“知道了。”泰山点点头，冒出一句，“你帮助别人真是不常见啊。”

“我原来准备用一亿买房子的，不过现在改变主意了。听了那个女孩的话，忽然觉得用来为社会、为人们做些事情也很美好，钱也许本来就是这样的东西呢。”

泰山惊讶地看着绫，脸上慢慢露出了笑意。

“这样想的你才是真正的美好。”说着，泰山把手里的报纸举起，挡住了自己的脸。

“因为我是武藤泰山的妻子。”

面对报纸上一整页关于“新药许可法案能否通过？”的报道，绫说道。

准备翻动报纸的手顿住了。

“是我爱的那个政治家的妻子呀。”

泰山没有回答。

多久没有这样的感觉了？泰山又静静地翻过了一页。

绫微微笑着，提起茶壶，给泰山那空了的茶杯里倒上了新茶。

“武藤君。”

被叫到名字的时候，翔正紧张地坐在等待室的椅子上。

收到原以为彻底没戏的 AGRI SYSTEM 公司的最终面试通知，是上周末的事情。

打开邮件，翔无论如何都无法相信自己的眼睛。

可是，这就是无可争议的事实——上面切切实实地写着总部面试的时间。

翔心里无疑是欣喜和兴奋的，不过现在面试的压力已经发生了化学反应，心里只剩下紧张了。

“我这样子，很奇怪吧？”

走起路来歪歪扭扭。不过，没有办法。对这家公司期待越大，接下来的面试将会左右自己一生的想法，在他的脑中就越发膨胀开去。

“喂，放松一点。”

说话的是把翔指引到董事会会议室面试会场的男人。戴着眼镜，四十岁左右。虽然看起来有些神经质，不过看着翔的眼神里却有一种温厚的感情。

“啊，谢……谢谢。”翔结结巴巴地回答。

男人点点头，“和平常一样就好。放松，把你想说的话说出来，就像之前对我一样。”

老爸到底说了些什么？肯定是像在国会现场那样，发表了长篇演说吧。不过既然能够来到最终面试，他肯定说了些有用的东西。

老爸能做到的，我没有理由做不到。这样一想，束手束脚的紧张感开始慢慢舒缓了下来。

现在，翔站到了会议室的门前。

“Good luck！”

男人说完，便转身离开了。

“谢谢……”

翔轻轻握起右拳，停下来做了个深呼吸。待调整好心态，翔敲了敲门，按下把手走了进去。

迎面是一张厚重的椭圆形桌子，对面坐着三位公司的重要人物，右侧还有一个男人，大概是负责主持面试的司仪。

“我是来自京成大学的武藤翔，请多多指教。”

“抬起头吧。”人事部的职员对深深低下了头的翔说道。他似乎是这次面试的主持人。

“请简单介绍一下就职理由。”

陈述理由，翔已经在家里练习过很多次了。虽然紧张，但那些语句还是自然而然地从他嘴里“吐”了出来，翔稍微安心了一些。

“谢谢，我觉得你是一位非常有前途的学生。”

“是我们没有的类型。”人事刚刚说完，坐在中间的五十多岁的男人开了口。他戴着黑框眼镜，头发灰白。

“听说你是首相的儿子吧，不想从政吗？”提出这意料之中的问题的是坐在右边的男人。他看起来比中间的男人年轻一些，头上一根头发也没有。

“我父亲是天生的政治家。”翔回答，“即使不是生在政治世家，也会努力成为政治家的。”

翔自己对此也有过很长时间的误解。不过，通过这次事件跟父亲有了更多接触之后，翔感受到了隐藏在父亲心中的热情。

“父亲是真的想让这个世界变好，所以选择了从政这条路。我对此深有共鸣，不过我所选择的，不是政治，而是贵公司。我想在更贴近人们生活的地方，贡献我的力量。”

“你的父亲没有说过希望你从政吗？”

这是坐在左边的负责人提出的问题。一个身材健硕的男人。

“当然说过。”翔老实回答，“不过，最终父亲理解了我想通过食品来为社会做贡献的梦想。为了我们的社会，不管是政治，还是食品事业，都是值得尊重的。”

“听说上次面试时你说了很不得了的话嘛。”黑框眼镜揶揄道。

不知道上次发生了什么事情，泰山什么都没说，不过——

“对不起。”翔低下了头。

“你没必要道歉。”出乎意料的回答。

“你说的是对的。”黑框眼镜坚定地说，“不过，遗憾的是和我们公司的现状不符。”

话题的走向有些奇怪。

“你刚刚所说的就职理由非常不错。不过，对于现在的我们来说，重要的经济支柱是普通的蔬菜，也就是你口中的沾满农药的蔬菜。如果你想进入本公司，就需要出售不合你意的蔬菜，对你来说，难以接受吧？”

“可能是的。”翔说，“但是即便如此，想要实现用无农药蔬菜来丰富餐桌的梦想，非贵公司莫属。如果您说公司已经完全没有这样的意愿，那么我会放弃。但是只要还有一点点想要将安全美味的食品传递给千家万户的愿望，请一定录用我。”

黑框眼镜脸上露出满意的笑容，跟左右面试官交换了一下眼神。

“像你这种只会谈理想的年轻人，性格都不怎么好。”说话的是个光头，“不过连理想都谈不出的年轻人则更差。你刚刚所说的志向和梦想，以后请一定不要忘记。那么，好了吧？”

跟人事部确认过眼神后，坐在中间的黑框眼镜站起身来。

“欢迎你来到AGRI SYSTEM，很荣幸能和你一起工作。”说着，他越过桌子伸出了右手。

幸福来得太过突然，翔一时没有明白到底发生了什么。短暂的停顿过后，喜悦在身体里蔓延开来。

呆呆站起身的翔终于醒悟过来，紧紧握住了那只伸过来的手。

那是一只有力而温暖的手。

“谢谢，非常荣幸。”翔的声音因为兴奋而颤抖了起来，“我是个愚笨之人，今后还请多多关照。”

看着翔激动不已的样子，所有人笑了起来。

“泰山，你给我听着，”城山凑过来认真地看着泰山，“确实，又是误读汉字，又是曝出丑闻，发生了不少事情。但是，那个讨厌的共和党已经自取灭亡，这次成功举办峰会也使得社会舆论再次倾向民政党，现在马上解散议会吧！泰山，解散！”

“不可以！”

泰山抬起头来直面城山。

“为什么，泰山？！不会是还在纠结‘新药许可法案’吧？对于民政党，通过那项法案到底有什么好处，你再好好想想吧。国内的制药公司也会抗议的，直接废案就行了啊。”

“不，那项法案必须通过。”泰山直截了当地说，“这不是政党利益的问题。”

“真是，太顽固了！”

城山生气地抱起了胳膊。

“不管怎么说，时机是最重要的，泰山。错过了这次，你打算什么时候解散？”

“关于时机，请交给泰山我吧。”

说着，泰山深深低下了头。城山面对此景，也终于感到无话可说了。

看到泰山态度如此坚决，城山深深叹了口气。

“要知道，你不仅是总理，更是民政党总裁啊，泰山！”

“错了。”泰山怒目而视，意志坚定地说，“我不仅是民政党总裁，更是日本的首相。我认为在一己私利之前，更应该守护国民的利益。”

“这话太不切实际了吧！”城山有些焦躁，“这样能经营好现在的政局吗？”

“做正义之事却无法经营下去的政局本身就是有问题的。”泰山斩钉截铁地说，“我，泰山，赌上政治生命也要通过这项法案，请理解。”

面对再次低下头的泰山，“一国首相不是只会低头道歉的！”城山斥责道。

关于通过这项法案的前景，其实并不乐观。

法案在众议院得到通过后，到了在野党占多数的参议院，转眼就因为宪民党的反对而遭到否决。而今天想要通过众议院的再次决议，需要三分之二以上的赞成票。

根据贝原的读票预测，一方面，民政党内部有一些反对的声音。另一方面，由于这项提案和共和党的政党宣言相符，所以部分共和党议员倾向投赞同票，但目前整体局势正处于可与否的一线之间。如果出现老议员由于身体不适等原因缺席而导致赞成票减少的话，那么法案的前景就会更加难以预测。

“正义是站在我们这一边的，泰山！”

在决定命运的国会开始之前，狩屋给泰山鼓劲。由昨天的舆论调查得知，对于此项法案的赞成意见已经达到整体的七成，“无所谓”和“不清楚”的中立回答各占一成，反对意见占一成。

现在，泰山正坐在会议现场，倾听台上的国务大臣做此次会议的内容说明。

结束之后，河田众议院议长有气无力的声音响起。

“现在针对内容说明开展讨论，请按顺序依次进行。”

讨论开始了。泰山闭上了眼睛，纹丝不动地坐在位子上，侧耳倾听场上关于赞成与反对的辩论。

登上演讲台的执政党与在野党议员，总共是六名。

终于，最后的讨论者离开了演讲台。此时，会场上开始弥漫起令人窒息的紧张感。

“讨论至此结束，现在开始裁决。”河田的声音透过麦克风在会场里回荡，“本次裁决以记名投票的方式进行，赞成者白票，反对者蓝票。会场关闭。”

背后的大门关上了，会场陷入异样的气氛之中。

泰山睁开眼睛，关注着议员们投票的动向。

待所有议员投票结束，场内逐渐出现了小声议论的声音。

“有投票遗漏吗？”河田环顾会场，“确认无投票遗漏。关闭投票箱。开票！会场重新开放，由参事统计投票。”

沉闷的统计时间令人如坐针毡。

“由事务总长宣布投票结果。”

事务总长站起身来。

“投票总数为 461 票，赞成票为 309 票，反对票为 152 票。”

雷鸣般的掌声响起，泰山站起身来，深深垂下了头。

就在此时，会场骚动了起来。

哦！！！会场上出现了各种惊愕的声音。

只见官房长官狩屋，将一个紫纱包袱递给了事务总长。

议员中无人不知那紫纱包袱里的东西。

整个会场沸腾了，兴奋到空气都跟着振动了起来。

“泰山，你这个家伙！”城山一下子站起身来，“给我演了一出什么戏！原来如此啊！”

紫纱包袱由事务总长交到河田手上。

“刚刚，收到内阁总理大臣发来的诏书，现在由我进行宣读。”

河田的声音几乎淹没在会场里交错的欢呼声与怒号声中。“根据日本国宪法第十七条，众议院解散！奉天承运！内阁总理大臣，武藤泰山！”

民政党议员们一齐站起身来，高声欢呼着：“万岁！万岁！”

在这喧嚣声中，泰山一人面不改色，冷静沉着地伫立在场上。此时，泰山的心意坚定如铁。

日本，将由我一手改变。所以——

所以，日本的国民啊，请一定要将我带回这会场！

我国的未来绝非坦途，不过，正因如此，现在日本所需要的，非我莫属。

藏本，你给我等着！小中，我会给你好看的！

我作为一名政治家，将再次征询民意！

磨铁图书旗下子品牌

更好的阅读

出 品 人 沈浩波

特约监制 潘 良 于 北

产品经理 单元皓

特约编辑 叶 青

版权支持 冷 婷 郎彤童

营销支持 金 颖

装帧设计 瓜田李下Design

关注我们

官方微博：@文治图书

官方豆瓣：文治图书

联系我们：wenzhibooks@xiron.net.cn

图书在版编目（CIP）数据

民王 /（日）池井户润著；乔蕾译．— 杭州：浙江人民出版社，2020.5
ISBN 978-7-213-09637-2

Ⅰ．①民… Ⅱ．①池… ②乔… Ⅲ．①长篇小说—日本—现代 Ⅳ．① I313.45

中国版本图书馆 CIP 数据核字（2020）第 016116 号

浙江省版权局著作权合同登记章
图字：11-2019-276 号

民王

MINWANG

[日]池井户润 著　乔蕾 译

出版发行　浙江人民出版社（杭州市体育场路 347 号　邮编　310006）
责任编辑　钱　丛
责任校对　戴文英
印　　刷　三河市冀华印务有限公司
开　　本　880 毫米 × 1230 毫米　1/32
印　　张　9.5
字　　数　181 千字
版　　次　2020 年 5 月第 1 版
印　　次　2020 年 5 月第 1 次印刷
书　　号　ISBN 978-7-213-09637-2
定　　价　48.00 元